海萌ゆる

平井利果
Rika Hirai

風媒社

海萌ゆる

目次

河野浦《こうのうら》

浅い眠りから目覚めると、品《しな》の両手は祈るように胸のうえで組まれている。手をおろすと胸のあたりがふっと楽になった。まだ寝息をたてている四人の子どもらをよけて、そっと帯戸を開けて部屋を出た。

天窓から囲炉裏のうえに、柔らかい光の筋が落ちている。朝の段取りがつくと、品は、わら草履をひっかけて浜へおりた。海は穏やかに凪《な》いでいる。

草履が濡れるのもいとわず、小さな岩を二つ三つとび越えて畳岩の上に登った。畳二畳は敷けそうな平らな岩は子どもらの格好の遊び場になっていた。岩の上でわら草履を脱いだ。品ははだしで踏む土や砂の感触が好きだ。とりわけ足の裏にふれる石の肌触りが心地よい。石には相手におもねるところが微塵もない。一歩、二歩、ひんやりとした岩に足の裏がなじんでいく。土踏まずから生気が入りこんでくるのだと、幼い品に教えてくれたのは母のキクだった。父の彦次郎とキクの墓参りは、きのうのうちにすませておいた。

なぎさに漂う藻や、岩についた貝や魚の死骸、腐った野菜屑や若布《ワカメ》に染み付いたにおいが、とけこむように鼻先に立ちのぼってくる。鼻孔をふくらませて長くゆっくりと磯の香を胸におさめる。潮気を含んだ風が品の顔や首や手足にまとわりつく。

丸みを帯びて遠くにのびる水平線のかなたに品《しな》はじっと目をこらした。左沖に影のようにぼんやりと敦賀《つるが》浦が入りこんでいる。そこから海岸線を四里ばかり北にたどったところに、ここ越前河野浦がある。

村には、日本海五大北前船主といわれる右近家の館がある。長い築地《ついじ》の中ほどに重々しい木の門扉があり、開ければ先は海に続いている。門から真っ直ぐ沖へ向かったところに、むっくりと大きな岩が浮かんでいる。坊主岩だ。黒い袈裟を着けた坊様が沖に向かって手を合わせ、お念仏を唱えているように見える。

岸辺近くのちょっと形の変わった岩には、昔からそれぞれ名前がついていた。白い犬が沖に向かって駆けているような犬走りの岩、てっぺんに松を頂く小嶽岩《こたけいわ》、もっと左に目を移すと、海の中から生まれたように突き出ているのが八幡岬《はちまんざき》だ。いまは駐在所が建っているが、品が幼い頃には、この岬に小さいながら石の門のついた学校があった。品は兄の長松といっしょに勇んで学校へ通った。「母」という漢字を覚えた。横棒をはさんで上下に点々とあるのはおっかさんの乳房だと若いおなご先生がいわれた。

「海ん中におっかさんがいるんやなあ、そんなら海はおなごやったんか」

品がおもわず声をあげた。えび茶色の袴《はかま》をつけたおなご先生が、ほほと笑われた。

「うみっていうくれえだもん、赤子を産んで育てるんやなあ先生」

品はそのとき、勉強ちゅうもんは、なんとおもしろいもんやろとおもった。

品はいまでもやっぱり海はおなごやと信じている。波のうねる様、あれはどう見てもおなごのものや。海面に雨や雪が降り注ぐ様も疑いもなくおなごの姿だ。何万何億か知れぬ無限の粒が、水面《みなも》に触れた瞬間、静かに深く交わり、海は柔らかく受けいれて包み込んでしまう。品は海面を見ていると飽きることがなかった。

父の彦次郎は船乗りだった。兄も夫も船乗りである。

北前船が隆盛を極めていた頃、彦次郎は北前船の船頭をしていた。北海道へ出ていき、大阪へ寄り、家に帰ってくるのは、一年のうちほんのふた月にも満たない間だった。村には海で死んだ者もおり、海で富を築いた者もいる。彦次郎は船を降りたが再び品たちのいる村には帰ってこなかった。

品の夫の小亀藤吉も、北前船の知工《ちく》（会計）をしていた。藤吉は、己を海にゆだねるようにして船の上で働き、言葉を忘れたような無口な男だった。しかし北前船は次第に帆船から蒸気船へと変わっていき、村の北前船も少なくなった。滅んでいく北前船に取りつかれたように執着していたのだ。

昭和二年の冬、藤吉は最後の北前船となった観晃丸に乗っていた。それも手放されることになった。藤吉は正月の間中、船を買い手に引き渡すまで、大阪の港につないだ観晃丸の中で、ひとり船の番をしていた。

藤吉が観晃丸を引き渡して大阪から戻ってくると、しばらくは抜け殻のように萎《しお》れていたが、突然、目覚めたように村を離れて、単身北海道に渡ってしまった。


あれから六年になる。

夫が心底魅かれているところは、あの際限もない海の果てなのではないかと不安にかられることがある。だが、そばでまとわりつく子どもらの姿を見ると、品は頭を振ってそのおもいを打ち消しては、この六年間をやりすごしてきたのだった。

毎年、船乗りの多くは年の暮れから正月にかけて、船がドック入りをする間、家に帰ってくる。藤吉も品の兄の長松もみやげ物を奮発して村に帰ってきた。

「お前らも、北海道へこい。これからいっしょに北海道で暮らそう」

そう藤吉がいったのは今年の正月だった。

寒を過ぎ、立春を迎えてから間もなく、白く砕けていた波頭がいくらか治まる頃、浜にも早春の風が吹きはじめる。

「俺はひと足先に発《た》つが、なんにも心配はいらん。子どもらを頼むぞ、気いつけてこいよ」

といいおいて、藤吉は北海道に戻って行った。

品の目はまだ離れがたく見慣れた風景をなぞっている。

川の流れこむ砂浜には、魚をさばいたあとの骨や頭やはらわたが埋もれているので、カラスが餌をあさっている。川を石で塞《せ》き止めた洗い場には、女たちが、はや捕れたての魚や土のついた野菜を抱えて集まっていた。品もきのうまでは、あそこで子どもらの洗濯物を足で踏み洗いしながら世間話の輪の中にいた。これらがまるで、けさ初めて目にする景色のように、品の眼には新鮮に映っている。

ふと、また不安が脳裏をかすめた。まさか、この景色がこれで見納めになるなんて、そんなことがあるはずがない。品は不安を振り切るように視線を動かした。

その日の天気のぐあいによって、見えたり見えなかったりする立石岬の白い灯台が、けさはかすむようにうっすら見てとれる。品はなんとなくほっとして、くるりと海に背を向けた。

海辺に沿って紐のように一本の道が延びている。その道に連なるように家々が立ち並んでいた。どの家も背後を山でふさがれ、前面は海に追いこまれるように建っている。山にうっそうと立つ木々の中に見え隠れしているのは、磯前神社の大鳥居だ。品は年になん度か、夫の航海の無事を念じて願掛けをするために高い石段を登り降りしたが、きのうお参りをすませてきた。

南寄りには右近家の別荘の立ち見台が見える。村ではよく目立つレンガ色の西洋館だ。住む人もなく打ち捨てていかねばならない品の家は、小さくて目立ちはしない。不揃いに積まれた石垣にはよく子どもらの蒲団を引っかけて干していた。大きな二本の柿の木は毎年秋になると屋根にかぶさるように実をつける。食べきれなくて吊るし柿にもした。柿の皮をむくのは品の夜なべ仕事だった。今年の秋に生《な》った柿の実はどうなることか、いくらか心残りでもあった。

品は、海に向き直って両手を合わせて祈った。母のキクがいつもこうして祈っていた。ひとたび男たちが船に乗って村を出てしまえば、どんなに案じようと、女たちにはもう祈ることしかすべはなかった。

藤吉の乗った発動機船は、いまごろ酒田の港に向かうか、小樽の港へ入る頃だろ。品はいつもより長く頭を垂れて祈った。

山肌に越前水仙が固い蕾《つぼみ》をはらんで潮風にざわざわしている。昭和八年三月、品は三十五歳になった。四人の子どもをともない、夫を追って北海道に渡る決心をした品の口は、もう強く結ばれている。

囲炉裏のそばに姉のすてが、よそゆきの銘仙の着物を着て座っていた。

「七輪の上で梅干がこげていたんで、おろしておいたで」

すてがおもいつめたような顔を向けた。

「ねえさん、朝はよから、おおきに」

品はへっついの下の火を念入りに引いて落とした。釜からはご飯の炊けた匂いが立ちのぼってくる。もし世の中に幸せな匂いというものがあるとするなら、このようなものだろうと品はおもう。釜から立ちのぼるご飯の香りは、温かくて、おだやかで、毎日嗅ぎ続けて決してあきない匂いだった。

家族が起きだす前に、糠樽に漬けこんだヘシコを出して七輪の上であぶり、へっついのそばでたくあんを刻み、この朝の匂いに包まれているときを、品はなにより幸せなことと感じてきた。しかしそんな日は決して多くはなかった。

十九歳で藤吉のところへ嫁いできてから、ほとんど一年のうちの大半を藤吉は海の上で過ごしている。船乗りを亭主にもてば、みんなこんなもんやと母のキクはいっていた。

しかし、父の彦次郎は北前船を降りて陸《おか》に上がっても、この村にはもどらなかった。北海道の鬼鹿《おにしか》で暮らしはじめ、その地で亡くなった。品が八歳のときである。鬼鹿というひびきは品に恐ろしげな場所を想像させた。おとさんは鬼に食われて死んでしもたと品は本気でおもったものだ。

それなのに今度は夫の藤吉が彦次郎のあとをなぞるようにして、北海道に出て行ったのだ。父親のみならず夫までもだ。

すてが囲炉裏のそばから元気なく立ち上がった。

「頼んであった船絵馬の繕いがやっとでけて、きんの、指物屋の竹やんが届けておくれたんやわの。もっとはように修理がすんでもて、品が旅立つまえにな、おまえの手でお宮さんにもどしにいけるとよかったんやけどの。なんせ竹やんは、おやっさんに似て、のんびり者やさけに」

すての声音がぐちっぽくなる。

「ねえさん、わたし、その絵馬を見てみたいわの」

「おいの、さ、見ていっとくれの、海路の安全をねごて、おとさんがお宮さんに奉納した絵馬やさけの」

すてが隅に寄せてあった白い布の包みを開けた。

父の彦次郎が村の磯前神社に奉納した船絵馬一枚が、かなり傷んでいたので、村の長老たちが寄り合って燃やそうとしていたところに、品が運良く行き合わせた。父の奉納した絵馬が、古くなって朽ちてきたからといって焼き捨てることなど、品は黙って見ていられなかった。区長さんに頼んで絵馬を家に持ち帰ってきたのだった。

いま、こうして指物屋での修理がすんで、真新しい木枠の中に納まって戻ってきた船絵馬は新品のようだ。品とすては膝と顔を寄せて見入った。

絵馬は縦が一尺五寸ばかり、横がそれより五寸ばかり長いだろうか。画面いっぱいに風をはらんだ白い帆船が描かれている。船の上には水主《かこ》たちがいる。襟と袖口を黒く縁取りした半纏《はんてん》に腰紐をしめ、額に茶色の鉢巻を結び、頭に髷らしいものをつけ、なかなか粋な姿である。船尾に、黒い紋付の羽織を着てちょん髷《まげ》を結った男がひとり立っている。胸の前で帳面を広げなにやら書きこんでいる。品はそれを指さして、

「この人が船頭やね。おとさんもこんなふうやったんやなあ」

とすてにいった。

舳先に幟が立っている。幟には『弁天小新造』とある。さらに絵馬の右端に一段と大きく『奉納海上安全』横に細い字で吉日『明治壱拾壱年正月』『願主垣下彦次郎』と、父の名前が記されている。『大坂黒金橋』とあるのは大阪で作らせたということだろうと区長さんが教えてくれた。絵師の名は『絵馬藤』と読み取れる。

なんとも愉快で楽しい絵馬だ。すても、品と顔を見合わせて頬をゆるめている。

天保十四年生まれの父の彦次郎は主に右近家の北前船に乗っていた。彦次郎たちは、北海道の留萌で身欠鰊《ニシン》やシメかすを積み、利尻では昆布を買い込んで北前船で内地へ運んだ。彦次

郎は北前船の最も隆盛を極めていた頃に船頭として船に乗っていたのだった。

当時としては、船絵馬は高価なものであったが、船頭になると、安全祈願のために奉納したということだ。絵馬には一枚一枚に船名が記してある。彦次郎の奉納した絵馬は四枚とも船名が異なっていた。品がそれに気づいて区長さんにたずねたら、

「彦次郎さんは、多分腕のいい船頭さんやったんやろのう。あっちこっちの船主に引っ張られて、新しい船ができたりすると頼まれて船を変わったんやないかの」

といった。すてに話す。

「どうやろかな、頑固でけんかっ早い人やったから、船主にたてついたり、わが身で降りたり、船主に降ろされたりしたんやないかの」と笑っていた。

「ねえさん、おとさんは、なんで鬼鹿なんぞで暮らすようになったんやろかの」

「そんなこと、だあれもわからん。おなごがいるんやないかと、村でもいいよる者がおったが、それもどうやったのやろの、確かめた者もおらんのや」

「村では、彦次郎さんが船を降りて村に戻ってきたら、村長さんにするといって待っとったのやけどな。海の上がおとさんの極楽やったんやないやろか。船を降りてしもたら、もうどこで暮らそうと同じやったんやろ。狭いところで、ああだこうだいうとるのがいやになって、広い北海道で暮らしとうなったんかもしれんな。いちばん堪忍ならなんだのは、おかさんやった

やろの」

すては人が変わったようにさばさばという。

「この絵馬は、うら（わたし）がちゃんと磯前神社にお返しに上がって、お前らの旅の無事を祈ってくるさけな、心配せんと行ってこいや」

すては絵馬をていねいに白い布に包み直して座敷に持って入った。

「いよいよやな。子どもらを起こさんでもいいんか」

座敷から出てくるなり、すてが心配そうにいう。

「うん、あんまり早うから起こすと、ぐずると困るんで、少しでも寝かせておくわの。いまのうちにわたし梅干貼って着替えてくるわ」

品が、七輪のそばの梅干を網の上から小皿に移していると、

「お前はバスにも汽車にも船にも、ひどう酔うんやさけな、いとしやのう」

すてが涙声でいうのに品が振り向いて、

「ねえさん、心配せんでいいんやって。梅干さえあれば大丈夫なんや、これは乗り物酔いには、めっぽうよう効くのやさけ」

品は着替えに奥の部屋へ入っていく。

部屋はどこも畳を上げ、雨戸も閉め切っておいたが、仏壇だけは開けて、けさは、お水を供

えて朝のお参りをすませてあった。品は静かに口の中で「なまんだぶ、なまんだぶ」と唱えながら仏壇の扉を閉じた。仏壇をこのまま置いていくのが品の一番の心残りだったが、留守中の家のことも仏壇のこともすべて、すてにまかせてある。

品は箪笥の小ひきだしから、なん度となく使ったサラシと渋紙を出した。着ていた着物の帯を解いて、ネルの腰巻を押し下げる。梅干はどれも少し焦げすぎていたが効きめには違いがあるまい。一つ取って臍《へそ》に当てた。まわりにも二つ、三つ、くっつけておき、渋紙でおさえた。その上にきつくサラシを巻きつけた。キクに教わった臍に梅干の酔い止めは、不思議によく効いた。こんどは長旅になる。残りの梅干も包んで持っていくことにした。

着物は泥大島を出して着た。くるくると手早く黄色の結城の帯を締めた。帯も着物も品の一番好きなものだった。油紙に包んだ梅干の残りを袂《たもと》に入れた。

囲炉裏のそばにもどると、すてが握り飯を握っている。

やがて一番下の康隆《やすたか》が目をこすりこすり蒲団から這《は》い出てきて握り飯のそばへ歩み寄った。三歳になったところだ。栗鼠《リス》のようにすばしこい。だから生傷が絶えない。いまここにいたかとおもったらもう握り飯を片手に差し上げて箱段の三段上から、飛び降りようと身構えている。けがでもされてはやっかいだと品が箱段から抱え降ろした。握り飯を口に入れておとなしくしている。

四月から小学校にあがる一枝《かずえ》が起きてきた。濃い眉毛の下に黒い大きな目がきっと見開かれ、子どもながらいつものゆるんだ顔つきと違ってかたい表情だ。

「あばちゃん、おはよう」

とすてのそばへ寄っていく。

「おいや、おはようさん、かずちゃん」

すてがやっと笑顔を見せた。一枝の口が回らなくておばちゃんといえずに、あばちゃんと呼んでいたのを、いまでも子どもたちはそのまま呼び慣わしている。

子どものないすて夫婦は品の子どもたちをたいそうかわいがっている。すての亭主は、あぐらをかいた膝の上に小便をかけられても苦にもしなかった。すて夫婦は一枝を自分らの子どもにもらいたがっていた。出発の日のまぎわまで、一枝を自分のもとに置いていかないかとすてはいったが、品にはその気がなかった。

やっと長男の長太《ちょうた》と次男の辰次《たつじ》が後先になって起きてきた。藤吉が置いていった新品の小倉の学生服にすでに二人とも袖を通している。胸のボタンをかけてしまうと、品とすての前に立って、どうだというように気をつけの姿勢をとってみせる。指先が袖の中にかくれてしまう。

「ちょっと、服がいかすぎるんかの」

「なんの、ねえさん案ずることはないのや。育ち盛りなんやさけの、すぐに、ちょうどいいもんになるのや」

品が笑っている。

「そんでもなあ、袖が長すぎるやろ、かわいやの、手首がかくれてしもてるが」

すてがあきれ顔でいう。

「あばちゃん、この袖、長いことないで、ほらこうすれば、ちょうどいいが」

長太が高々と両手を差し上げた。辰次も兄に遅れまいと両手を上げる。二人の腕がぴんと頭上に伸びると、袖口から指先が見えてきた。

「そうかあ、そうやなあ」

すてが涙ぐんでうなずいた。

「ズボンのすそは長いと危ないで、夕べのうちに内に織りこんでおいたけど、ねえさん、秋には、それも伸ばさなあかんようになるのやで」

「まったく、子どもらのいこうなるのは早いでな。こうして見ると、お前ら、二人ながら、いいとこのぼんぼんみたいやな」

すてがまぶしそうに見上げている。

「品、おまえ、幸せもんやで。わたしも藤子も子どもがでけなんだが、お前んとこだけやぞ。四人もでけて、おまけに、どの子も丈夫でええ子らやし」

「そうやとこ（そのとおり）と、わたしもそうおもてるんや。貧乏しても、子どもらは一人も手放しとうないのや。ねえさん堪忍して」

「おいや、おいや、そうともな品。親ならみんなそうじゃろう。気にせずともいいのや。お前らが北海道で元気に暮らしておれば、うらも、うれしいんやからな」

握り飯を食べ終えた長太が、指先についた飯粒をなめなめ、すてに話しかける。

「あばちゃん、うらら北海道にいってしもたら、さびしなるやろ。北海道にはまだ行ったことないやろ。こんど遊びにこいの」

「おいやな、北海道には、ぎょうさん雪が降るげななあ、あばちゃんは、さぶいのはかなわんでなあ」

「北海道はさぶいけど広いんやぞ。大きいんやぞ。留萌《るもい》は町なんやぞ。留萌に行ったら、おれ上の学校に行くんや、な、母さん」

驚いて顔を上げたすての耳元に品は小声で語った。

「長太が尋常小学校六年を卒業するときは、総代で優等賞の免状をもらいに出たのはねえさんも知っているやろけど。実はねえさんにいままで黙っていたけど、受け持ちの先生が家においでて、ぜひ、長太を上の学校に進めてやってくれといわれたんや。村から町の中学に進むには、町に下宿せなならん。先生は自分の家でお世話しようとまでいっておくれた。それで、わたしゃ、上越の山を一つ売ってでも長太を進学させてやりたいと父さんに頼んだんや。そやけどあの人は承知せなんだ。子どもは長太ひとりやない、あとの子らをどうするんやとあの人はいうんや。それに学歴がないかってえろうなるもんはえろうなるというんや。確かに村から上の学校に行く者は限られておる。それなりに家の格式がなければならん。そやけど、ふと、留萌の町には高等女学校も中学校もあるんやとあの人がぽろっと洩らしたんや。わたしゃそれを聞いてから、北海道が、にわかに好もしい場所になってきたんや。それにあの人はこうもいうた。北海道には、家柄も格式も金持ちも貧乏人もなにもありゃせん。みんなビョウドウやと」

「ふうん、ビョウドウやとな」

ふたりはこれまで使ったこともないビョウドウという言葉を、ぎこちなく、ゆっくりと口にのせた。

長太の進学のことを、もし、すての耳に入れたなら、すて夫婦はたちどころに長太の学資の援助を申し出るに違いないと品はおもって黙っていた。すての夫は大きな外国航路の船長をしている。盆に帰ってくるときにはバリッとした白い麻の背広の上下を着て白い手袋まではめていた。小石の多い村の道を歩くと革靴が小石をけちらし、きゅきゅと音をたてた。夫の藤吉は年中菜っ葉服を着ていて、帰ってくるのも菜っ葉服だ。

長太が、果たして留萌ですんなり中学校に進めるのかどうかは分からなかった。しかし望みはあるような気がして、品には北海道ゆきがつらいことではなくなったのである。

「みんな、汽車に乗るんは、初めてやないんじゃろ」

すてがひとりひとりに握り飯を分け与えながら、話しかけている。

「乗ったことないけど、見たことあるで」

長太が元気な声でこたえた。

「学校に入る前に見たんや。だあれもまだ見ておらなんだときやったで。母さんが敦賀まで見せに連れてってくれたんや。ねえ母さん。歩いて行ったから、えらかったね」

長太は数年前のことをよく覚えていた。品は二歳になった辰次をおぶって四里の道を敦賀まで歩いた。入学前の長太もよく歩いた。その頃はまだ村にバスが走っていなかった。途中、山ぶどうやあけびの実をちぎって食べながら歩いた。新しい汽車というものを、村のどの子より早く見せてやりたいと品はおもった。そしてなにより自分も早く汽車を見たかったのだ。

敦賀の駅の近くの踏み切りの柵にもたれて、親子三人、目の前を巨大な鉄の箱が通り抜けるのをあかずに眺めた。轟音と蒸気とすすを頭からあびながら、親子はなにやら興奮していた。

汽車が見えなくなると、品はふと、幼い頃キクに手を引かれて敦賀の岸壁に立って、彦次郎の乗った北前船が入ってくるのを迎えに行ったことをおもいだした。

村の右近家の離れの西洋館に望楼があった。年取ったひとり暮らしの源さんが望楼に登って北前船の入るのを見張っていた。普段は左足を引きずって歩いていたが、望楼の梯子は難なくするすると登った。

源さんは右近家所有の北前船が敦賀の沖に入ってくるのを見つけると、鐘を叩き、長い手旗をかかげて村人に知らせた。母親のキクはいつも西谷の畑で仕事をしていたが、それを見つけると、空の肥桶を背負ってころがるように山から降りてきた。

家の石垣に腰掛けて、炒ったそら豆などを食い散らしている幼い品にキクは叫んだ。

「はよう、ふろ桶に水汲まんかい、おとさんが帰ってくるぞ」

品はあのときのキクの上気した顔を、いまでもはっきり覚えている。

風まかせの帆前船ゆえ、日によってはなかなか港へ入ることがままならず、ぐるぐるひとっところを巡っては、とどまっていることもあった。品は、よそゆきの着物を着せられ、正月用の麻裏の赤い鼻緒の草履を履かされると、別人のようにきれいになったキクに連れられて、敦賀の町へおとさんを迎えに行った。

岸に立って、母親と見た北前船のなんと見事な姿であったことか。

北前船は、大鳥がいっぱいに羽根をひろげたように帆を張って、舳先をぐっと前方高くさし上げ、海面をすべるように走ってくる。母親の口からため息のような声がもれた。

「ほんまに絵に描いた御殿みたいやなあ」

父は紋付きの羽織姿で舳先に立っていた。陸の出迎えの人々に手を振った。品の目に父は殿様のように映った。キクと品は久しぶりに見る彦次郎に向かって遠くから、誇らしく両手を高く掲げて振りまわした。

品は、父の乗っていた北前船の、ふくらんだりしぼんだりする帆の動く様が、大きな白い生き物のようにも、海に浮かぶ風船のようにも見えた。それはいかにも、のんびりとゆったりとしていた。

「船が嵐におうてどうにもならんようになったとき、帆柱を切るのや」

彦次郎はまるで自分の胴体を切りつけられでもしたようにいったことがあった。村には遭難して帰らぬ者もいた。幼かった品はその話を脇で聞いていて想像したものだ。船も人も最後は海に吸い込まれてのうなってしまうのやと。

品と長太と辰次が汽車を見るために立っていた場所は、汽車にあまりにも近づきすぎていた。目の前に鉄の輪っぱがあらわれ、見上げれば、すすに汚れた鉄の箱が通りすぎるのだった。三人は風を呼ぶ速さと轟音に圧倒され、恐ろしかった。襲いかかってくる鉄のかたまりに押しつぶされそうだった。

北前船は、鉄砲玉みたいに飛んでいく汽車とは違うわい、品は負け惜しみのように、そう口の中でつぶやきながら汽車を見送った。しかし、そのときすでに、品の目にも、北前船が時代遅れの船であることは明らかだった。

列車の乗客は言い合わせたように、汽車の窓に顔を寄せていた。そして道ゆく人々を悠々と見下して走り去って行ったのだ。

いよいよ、あのとき眺めた汽車に、なん日も乗り続けるのだ。

「お品さん、これ、ほんの気持ちだけやけどの、餞別持ってきたわの。道中が長いで、弁当でも買うて食べておくれの」

長松の妻のハナが野良着姿で立ち寄った。

「ハナさん、兄さんになにかことづけあるかいね。あるならことづけるで」

長松は品の実の兄だ。長松はすでに藤吉より前から北海道で船に乗っている。

「盆には帰ってくるようにいうとくれの。品さんらが留萌に行くと、おんさも寄るところができてにぎやかになるわ。うれしやの。品さん、おんさのこと頼むわの」

「なんの、ハナさん、わたしらこそ、大勢やから兄さんに世話をかけるとおもうわの、兄さんが留萌にいておくれて、心強いわの」

「長松兄さんも、藤吉も、船はちごても、同じ留萌の人の持船なんやろの」

「おいの、そうなんや。伊藤船舶の船や。二人ながら、てんぽな、正直者なんやさけの、伊藤船舶の米びつといわれとるそうじゃ」

ハナが物知り顔でこたえる。

品は、長太の背中にいやがる康隆をくくりつけた。辰次には柱時計を背負わせた。時計は辰次の尻より長かった。品はいわくつきの観音様をお堂ごと絹の風呂敷に包んで背負い、一枝の手を引いた。

この観音様は、品が下の浜で拾ったものだ。

ある海の荒れた日の翌朝、品はいつものように海に向かって長く祈った。ふと足もとを見ると、なにか黒いものがぴしゃぴしゃと波に戯れている。拾い上げてみると三寸ばかりの木彫りの仏像だった。

「おお、もったいなや。こげなところに仏様がおわしますわの」

品はひとりごとをつぶやいて、前掛けの裾をたくし上げて仏像を包み、円福寺の石段を夢中で駆け上がった。

ご住職が仏様をうやうやしく迎え入れ、丁寧にお経を唱えてくれた。

「お品さん、この仏様は、おやさしい観音様ですよ」

ご住職はにこにこしていいなさった。

「観音様はあらゆる形の苦難から人々をお救いくださるお力をそなえておられるのです。この世にあって、常に衆生のためにおつくしなされます。しばしば、南海の補陀落山《ふだらくさん》にお住まいになるといわれています」

ご住職が、かみくだくようにお話をした。

「観音様のお住まいが南海のふだらくせんと？」

品はびっくりして問い直した。南海というからには、どこか南の方の小島にでもおわしましたのかと品は考えたが、ご住職に再び問うことはしなかった。観音様がこれまでどこにおわしましょうとも、品にはもうどうでもよいことであった。たったいま、品のもとへおわしましたことで十分なのである。

観音様は色がたいそう黒かった。

しもぶくれのお顔の、閉じるでもなく開くでもない、ややつり上がった細い目が、静かに品に向けられている。ふくよかな胸にそっと合わせられたお手、腰から裾まで波のようにたゆたう衣。品は見つめ続けるのももったいなくおもい、おのずと両手を合わせて観音様を拝んでいた。

「いい人に拾われて観音様も喜んでいなさるでしょう。お品さん生涯大切にして、信心にはげみなさい」

住職が数珠を掛けた手を胸の前に置いて、またにこにこしていいなさった。こうして、浜からおいでた観音様は、品のもとへお入りになられたのであった。

品はさっそく指物師の竹やんに観音様を入れる御堂を造ってもらった。そして床の間におまつりして、朝晩欠かさず水とご飯をあげてお参りしてきた。

「観音様もいっしょにおわしますのか。ありがたやのう、品さんらをあんじょう守っておくれるじゃろ。なまんだぶ、なまんだぶ」

ハナは品の背中の観音様に手を合わせた。

品たちは、乗合自動車の停留場までぞろぞろ歩いた。家々から女や子どもや年寄りが出てきて、口々に短い別れの言葉をかけてきた。

「まるで珍道中のようやな」

長太がきまり悪そうに笑った。品は鼻と口から磯の香りを、なん度も胸いっぱい吸いこんだ。ときどき目を閉じて波の音を聞いた。小刻みに耳にとどく波の音が、足早に品らを追いかけてくるようだった。

品の目の前に広がるこの海は、ずっと昔から、ここにこうしてあったのだ。これからも変わらずにあり続けるにちがいない。これから住む留萌の海も、ここととつながる同じ海なのだ。北前船に乗って北海道から大阪までも、日本の海の半分ほどを回って生きてきた先祖の血が、自分の中にも、小さな子どもらの血の中にも潮粒のように吹きこまれていると品はおもった。

車体を揺すりながら乗合自動車が来た。

(きっと立派に子どもをしとねて帰ってくる)

品は心の奥深くで誓った。

武生の駅では品の妹の藤子が待っていた。ほっそりとした長身に利休鼠の結城お召を着て、白い襟足が人目を引いた。器量を見込まれて造り酒屋に嫁いでいた。

三人姉妹の真ん中の品だけがぽっちゃりしていた。子どもがあるのは品だけである。そして一番貧乏なのは品だった。三男の康隆が生まれたときから、藤子は康隆を養子にほしいといったが、品は承知しなかった。

藤子は改札口で、名残惜しげに、子どもらにキャラメルやみかんを持たせた。品を先頭にしてぞろぞろと改札口を通った。すてもいっしょにホームへ出た。

そのとき、康隆が便所へ行きたいとぐずりだした。

「わたしが連れてってあげるわね」

藤子が康隆を抱いて駅の便所へ向かった。

二人はなかなか帰ってこない。やがて線路のかなたに品たちの乗る列車が見えた。列車はみるみる大きくなって近づいてくる。品とすてはおもわず顔を見合わせた。

「おれ、見てくるわ」

長太が一目散に走りだした。

「長太、どっからでもええ、康隆をおぶって汽車に乗るんや」

品が叫んだ。

ごうごうと列車が目の前に入ってきた。

品はその列車に辰次と一枝を押し込んだ。

発車のベルが鳴り出す。そのとき、康隆を背中におぶって走ってくる長太の姿が見えた。時計に目を落とした駅長に、長太が走りながらなにやら叫んでいる。長太の足が列車にかかった。二つの丸い頭が飛ぶようにして車両に消えたのを合図に、汽笛とともに列車はゴトンと動きだした。

すてがホームで淋しそうに手を振っている。品は藤子の姿を探したが見あたらない。

品も子どもらも窓から半身を乗り出すようにして手を振った。やがてすての姿も見えなくなった。

品は康隆をしっかりと膝に抱いていた。みんな身じろぎもせず、膝を寄せ合って、しんと座席に腰掛けていた。

窓の外の景色が次々に後方へ飛んでいく。

汽車はだんだん速度を増した。

留《る》萌《もい》

暮れなずむ青森の空は、寒々と重く垂れこめている。

品は、長太を先に立たせ、むずかる一枝の手を引き、辰次を連れて、人の波にせかされるように連絡船への長い桟橋を渡った。末っ子の康隆は長太の背中で眠りこんでいる。内地北端の風が、ひやひやとうなじを過ぎる。草履の鼻緒が痛いほど指に食いこんでくる。

青函連絡船の三等室は船底にあった。ペンキの匂いがこもった客室の低い天井には、白い梁《はり》が巡らされ、床には畳が敷いてある。丸い窓の下に荷物を置き、二日ぶりに畳の上に足を伸ばした。出航にはまだ間があるのに、床ごと体がゆっくりと左右に揺れている。丸窓から見える空も品といっしょに揺れている。広い客室にさまざまな客がいた。どの人も壁ぎわに荷物を降ろし、体を壁に寄せて場所を定めている。

汽車を何度か乗り換えてきたのに、高岡からずっといっしょになった丁稚風の若い男が、品たちの家族のようにそばで風呂敷包みを降ろしていた。さっき辰次が桟橋でつまづいて転んだときには、横を歩いていたこの男が、背中の柱時計の重みですぐには起き上がれずにいる辰次を、抱き起こしてくれた。

「どうもなかったかね」

辰次の顔をのぞきこんでから、背中でゆがんでしまった柱時計を真っ直ぐに直してくれた。

「この時計、坊の背中でちゃんと動きおる」

男は風呂敷のすきまから、動き出した針をのぞき見し、べそをかいている辰次に笑いかけた。小柄な体に、棒縞の木綿の着物をぎこちなく着て、借り物のように不釣合いなラクダ色の襟巻きをしていた。黒い帽子をかぶった丸顔が笑うと目が細くなり恵比須さんのように見える。子どもらもすっかり気を許し、品も親しみを覚えて言葉を交わすようになっていた。能登の生まれで、小樽にいる叔父を頼って働きにいくということだ。

品はときどき帯の間に片手をさしこんで、しっかりと帯の下に巻きつけてきた財布の所在を確かめてみる。旅の間じゅう失ってはならない命綱のようなものだから、決して油断をしてはならないと常に気を張っているのだった。

船はしばらく穏やかに進んでいたが、間もなく激しく揺れはじめた。畳の上をずるようにして、体がおもってもいない場所に移動する。品と一枝は、手拭できつく口をおさえていたが、耐えられなくなるとその中に吐いた。吐くものが無くなると病人のように横たわっていた。品は酔い止めの臍の梅干を、新しいのに張り替えるいとまもなく倒れこんでしまったのだ。

夜がふけてくると、幸いなことに子どもらは身を寄せ合って眠りはじめた。品は這うようにして手拭を始末しながら、夫の藤吉のことをおもっていた。年中船の上で仕事をしている藤吉も、若いころは船酔いに悩まされたという。

品は眼を閉じて船酔いに耐えていたが、いつの間にかうとうとまどろんだようだ。

家の奥から子どもの声がする。姿が見えない。品は家の中を探しまわっている。あたりが騒がしくなってきて品はまどろみから醒めた。

「北海道が見えるぞ」

長太が窓に顔を押しつけて外をのぞきながら叫んでいる。品も窓に寄って、明けそめる函館の海に眼をこらした。もうろうと靄《もや》が立ちこめ、陸地と海の境界は定まらず、船のゆくてにぼかし絵のような山並みが徐々に浮かび上がってくる。

藤吉も、目の前に見える同じ山や、黒々と横たわる島影を眺めながら船を港へ入れ、内地と北海道をゆききしてきたのだろうか。

父の彦次郎もそうだったに違いない。

空も海も湿った薄紙を剥がすように明るみだし、船はゆっくりと函館の岸に近づいていく。

赤い灯台がせり出してくる。海上には何隻もの船が、黒や白の船腹を見せて停泊している。鍵型に曲がった二つ目の防波堤を過ぎると、沿岸の町並みがいっそうはっきりしてきた。両岸から抱えこまれたような湾の海面が白く波立っていた。

品は眼の前に広がる低い函館の山並みや、そこここに立つ煙突や、岸に連なる倉庫の屋根を眺めていた。すべてが品の眼には新しく映った。連絡船はゆるゆると岸壁に接岸する。

桟橋が逞しい腕を振るように降ろされた。先を争うように渡って行く人々の後から、品たちも小走りに渡って行く。

函館の駅のホームで汽車を待つ間、新潟で買った笹だんごの残りを子どもらと分け合って食べていると、能登の男が、お茶を両手に下げてきた。

「いっしょに買うてきましたから」

といって茶を二つさし出した。品は礼をいって受け取り、「いいよ、いいよ」と片手を振っている男の手に、ふところから巾着を出して代価を握らせた。暖かい茶を口に含むと気持ちが和らいでくる。男は隣の椅子に腰を下ろして、イカ飯弁当を開きながら話しだした。

「自分は、七人もの兄や弟や妹の中で育ったもんでね、あんたさんらを見てると、つい家のことをおもいだしてしもて。親父も兄貴も漁師でね、わたしは村を出て働きたいとおもて。叔父が小樽で缶詰工場をはじめたというんで、そこで働かせてもらおとおもて」

男は、はにかんだ笑顔で大きなイカの胴体におもいきりよくかぶりつく。

「それは、よかったですの、なんといっても身内ですものな」

若い男の食欲を眺めながら、品も笑顔になった。同じ北陸の者同士、どこか心安くおもうのだ。

函館から、ふたたび長い汽車の旅がはじまった。

汽車はひたすら原始林を奥へ奥へと走っていく。出発してからしばらくは家並みが見えていたのに、大沼を過ぎたあたりから、一時間走っても人の住んでいる気配すら見えない。うっそうとした枯れ草のような雑木がおおいかぶさり、人家の屋根はおろか畑すら見えなく、両窓にはいったいい人は住んでいるのだろうか。汽車の中には、人々が乗っていてしゃべったり食べたりしているのだから、人が住んでいないはずはないとおもいなおして、再び窓外の景色に子どもらといっしょに目を走らせる。

汽車や船に乗れると喜んでいた子どもらもさすがにじっと座席に座っていることに飽きていた。まだ聞き分けのない康隆が品の膝にのぼったりおりたり、よその座席へ裸足のまま行ったりする。長太と辰次は駅に停車するたびに白い看板に書いてある駅名を声に出して読んでいた。四月に尋常一年生になる一枝も、一息遅れて兄たちの口まねをして読んでみせる。

聞き慣れない名前の駅を幾つも幾つも通り過ぎた。車窓から眺める樹林の佇まいが、内地で見てきた樹木と、明らかに違うようだと品は気がついた。威厳に満ちた松の木でさえ、地を這うように曲がりくねって広がっている。どの樹木も葉や枝の密度が違う。内地なら冬でももっと樹木らしい枝ぶりなのに、葉も枝もまばらなわびしい樹木なのだ。ふる里を遠く離れてきた実感が、樹木の変わりようにも感じられる。ただ大地はべらぼうに広い。これまで見たこともないほど広い。空より広いくらいだ。大地は自分の物でもないのに、なぜか品の心を広く明い方へと導いてくれる。

長万部《おしゃまんべ》を過ぎると、余市という駅があった。藤吉が去年、

「これまで送っていた青森のりんごより、味は落ちるかもしれないが食べてみてくれ」

とことわって、余市産のりんごを送ってくれた。りんごは小粒で酸味が強かったがさっぱりとした味だった。品は知らないところで、親しい知りあいに会ったように懐かしくて、余市という駅名を声に出して読んでみた。

座席の通路越しに腰掛けている能登の男は、列車に乗りこむときには子どもらの席をいち早く取ってくれた。品は能登の男に話しかけた。

「小樽は、わたしらの村とご縁があるんです。村に北前船主の右近さんという人がおっての、右近さんの倉庫が、まだ小樽の港にいくつもあるそうや。あんさん、小樽の缶詰工場で働くなら、港の近くやもしれんなあ、気いつけてみておくれると、右近家の倉庫が見つかるかもしれん。そう、右近の家紋も船印も、丸ん中に茶の実、ほれこんな風なんでの」

品は身を乗り出して手のひらに人指し指で絵を描いてみせた。男も頭を寄せてのぞきこむ。

「茶の実の印とは別に、丸ん中に二本の棒を描いた簡単な印もあるんや。これは半纏の襟に染め抜いたりする印やけど、棒二本こんな具合に、二本の棒は箸の印なんです。北前船に乗っておったわたしの祖父も父も、この子らのてて親もこの印をつけた半纏を着て働いていたのや」

品は顔の前に指を二本傾けて立てて見せる。能登の男はびっくりしていった。

「ああ、そうやったんですか。わたしの村のそばに、志賀村という部落がありますが、そこにもやはり北海道で成功した大船主が何人もおりましたそうです。明治の初めには鰊粕が大阪で五千両で売れたという話が残っておりますわ」

お互いに特別の親しみを感じてうなずき合ってみたものの、名乗るほどの者でもないと互いに、名を告げ合うこともしない。

「子どもらがお世話になりましたな。また、ご縁があったら会いましょう。わたしらは留萌で暮らすんです」

品が頭を下げてから、急におもいだしたように手元の袋の中に手を入れた。

「これ、おなごの手すさびやが、村の浜の貝殻を布で包んでこしらえた飾りもんです。洗面袋にでもつけて、つこてもらえたら」

まるでこんど会うかもしれないときの目印にとでもいうように、品は遠慮がちに男の前にさし出した。短い紐の片方に小さな鈴がついている。男の肉厚の手に移るとき、虫の音のように鈴がころろと鳴った。男は珍しそうに鼻の先で振ってみてから笑いながら左の袂《たもと》に収めている。

小樽の駅に近づくにつれて、開いた窓から、ススの臭いと生臭い磯の臭いが入りこんでくる。頬かむりをした女たちが、足早に通りを歩いている。遠くに見える港には大きな船が何艘も浮かんでいた。いま走っている線路と並んで伸びている引きこみ線の上を、幌をかぶった貨車がのろのろと動いてゆく。

小樽の駅で、能登の男が帽子をとってあいさつしてから、生き生きとした目になって汽車を降りて行った。子どもらは手を振って見送った。

汽車はまた海岸線を走ったかとおもうと、さらに奥地の森林へと入っていく。

品たちは、やがて深川の駅で留萌本線に乗り換えた。いよいよ留萌は近くなった。発車までの時間、長太が窓から顔を出していると、

「ベコモチー、エー、ベコモチー」

首から箱を掛けた男が窓のそばへやって来た。一枚も長太と顔を並べてのぞいている。

「おっき兄ちゃん、ベコモチってなに」

「べこって、牛のことやろ」

品は、子どもらには弁当より食べやすかろうと、

「長太、なんぼやろかな、みんなにひとつずつ買うておくれ」

と巾着を渡す。長太が汽車の窓から身を乗り出して「べこ餅」を買った。昼食もすませていない子どもらに、さっそくひとつずつわけてやる。子どもらは珍しがって、すぐさま竹の皮の包みを開ける。牛の頭をかたどった手のひらほどの餅が顔を出した。白と黒のまだら模様の牛だ。角も目も耳もついている。垂れた大きい目に愛敬があった。子どもらは「わっ」と声をたてて喜んで、しばらく牛とにらめっこしてから、四人とも、がっとかぶりついた。牛の頭がまたたくまに子どもらの胃袋におさまってしまう。品もひとつ食べた。餅というより団子に近い味だ。黒いまだらの部分は黒砂糖の味がする。ほのかな甘みが口に残る。

河野の村を立ってから四日目の午後に、やっと一行は留萌の駅に着いた。子どもらの顔は、すすに汚れ、目だけが光っている。顔ばかりか、首から鼻の穴、両耳の穴まで、すすで黒ずんでいた。

品たちはひとかたまりになって留萌の駅に降りた。しばらくは、歩きだしもせず、うろうろとあたりを眺めていた。

留萌の駅は小さな小屋のようだ。それでも働きざかりの男たちが大勢降りた。手拭いで頬被

りしている者、耳まですっぽり帽子をかぶっている者、みな両手に大きな風呂敷包みをさげて、早口でなにか声をかけあいながら汽車を降りていく。女たちも何人か降りた。毛布のような布を肩からかけて、軽衫《かるさん》に長靴をはいている。肩からかけているのは、角巻というものだろうと、品は振り返ってうしろ姿をしばらく眺めていた。

品たちは一番あとからぞろぞろと出札口に向かった。むっとする列車での長旅からとき放たれた体に、ひやりとした寒さは快いものだった。出札口を出ると、藤吉が口元をきゅっと閉じて木の椅子の前に立っていた。さっきからずっと一行を見ていたような顔付きで歩み寄ってくる。

みんな、藤吉を中にして寄り合ったが、言葉もなく沈黙していた。

藤吉もなにもいわず、一人一人の子どもを順に眺め、最後に品の顔を見た。品の目にうっすらと涙が溜まってくる。

「よう来たな。疲れたやろ」

誰にともなく藤吉がいった。いま、なにかしゃべったら涙がこぼれそうで、品は黙って奥歯をかみしめた。

小さな待合室にストーブが燃えている。

藤吉は重さをはかるように康隆を抱いて、椅子の上に立たせてから背中におぶった。

「父さん、康隆がね、武生の駅で置いていかれそうになったんやで」

おとなしい辰次が珍しく父親の顔を見上げて報告した。これが、はるばる内地から海を渡ってやって来た家族の、留萌で発した最初のひと言となった。

「そうか、はぐれてしまわんでよかったな康隆」

藤吉が背中の康隆を揺すりながらいう。

「北海道はやっぱり遠いところですね」

品が藤吉の肩ごしにいった。

藤吉は長靴の足を一、二歩進めてから、ふっとストーブの前で立ち止まった。

「黒い石ころみたいなもんが箱の中に入っているやろ。これはな、石炭や。留萌にも羽幌というところに炭坑があって、そこで石炭を採掘している。このストーブも、お前らが乗ってきた汽車も、石炭を焚いて走るんやぞ。父さんの船で石炭を運ぶこともある。これは魔法の石や。北海道はこれから発展する新開地や。長太も辰次も、これからやぞ」

藤吉が箱の中の石炭をあごで指した。長太がつと手を伸ばして石炭を一つつまみ上げた。

「小さいけど、黒光りしてる」

顔を近づけていく。一つの塊を仔細に眺めてから、学生服の胸のポケットにしまいこんだ。

柱時計を背負った辰次は走るのもままならず、みんなより遅れまいと、いちはやく駅を出て外で一行を待っている。うしろから見るとまるで、動く柱時計だ。

「辰次、お前、ようここまでその柱時計を背負うてきたな。重たかったやろ」

「そうですとも、辰次は辛抱強かったんですよ。泣きごとひとついわず、家を出てからずっとこの時計を背負うてきたんです」

辰次は、顎をちょっとそらせる仕種をした。先に立った長太は駅舎の陰になった路地の一角を指さしてみんなを呼ぶ。

「なんやろう、これ。雪やないか」

長太の声でみんなも走り寄って眺めた。そこには、ざらめのような薄褐色のものがかたまっていた。

「だいたいは三月になっても雪はまだ残っているんだ。雪どけが遅い年は、鰊が大漁になるといわれているんだ」

藤吉の声を聞きながら、家族はこれから暮らす北海道の大地に、ばたばたと大小の靴跡を残しながら駅をあとにする。

留萌の町の道路は広くて、真っ直ぐ一直線にのびていた。しかし道は雪どけでぬかるんでいる。道の両側には魚屋、呉服屋、米屋などの商店が立ち並び、敦賀の町に負けないほどのにぎわいである。

みんな後になり先になりしてしばらく歩いていくと、前方で鈴の音がした。隆とした一頭の馬が正面から軽々とした足取りで近づいてくる。おもわず道の片側に身を寄せた。蹴られるのではないかと恐れるほど間近なところで、声もだせずにじっとしている。馬は引き締まったなめし皮のような胴体から足先までをしなやかに動かして大地を蹴っていく。うしろに大きい荷車のような箱を引いていた。黒い帽子で耳まで覆った男が、馬のすぐうしろに立って手綱をさばいている。一行の前を通り過ぎたところで馬が速度を落とした。うっとりと馬に見とれていると、ぽたりと糞を落とした。みんなさらに声もなく目を見張った。

「できたてのぼたもちみたいやなあ」

品が声をたてて笑うと、顔を見合わせてみんなも初めて笑った。

町には、騒々しいような荒々しいような空気が漂っている。

「鰊漁の時期だから、町はこれから一番活気づいてくる。さっき汽車を降りた男たちは鰊場に稼ぎにくるやん衆たちだ」

「やん衆?」

「そう、やん衆、鰊漁の頃になると、よそから働きにやって来る人らのことだ。今年の豊漁を見こんで、男たちの第二団が乗りこんできたのだろう」

久しぶりに見る藤吉は頼もしく映った。いつも見慣れた菜っ葉服の上に、お正月にしか着ない黒いラシャの外套をはおっているので別人のように立派に見える。言葉の端々に北海道弁らしい言い回しが混じっている。

道はゆるやかな上り坂になる。空に向かって登っていくように、六人が坂道を進んだ。道すがらところどころに馬糞があった。乾くと藁《わら》のようになるらしく、軽くなってそこらに散らばっている。馬や牛が身近にいて原始のようなおおらかな暮らしがあるのだと品は感じていた。

途中少し道から外れた奥まったところに寺があった。藤吉が寺をめざして歩いていく。石段を上って寺の正面に立った。

「参道の敷石は、福井の足羽山でしか採れない笏谷石《しゃくたにいし》だよ、分かるか。福井の三国湊から、彦次郎さんらが右近の北前船で運んできた石なんだ」

「ええっ、おとさんが、運んだ石？」

品はおもわず駆け寄ってその石の上に立った。子どもらもそばへ来て立った。石の上でとんとん足踏みをしてみる。笏谷石は、青っぽい色で、濡れるといっそう鮮やかな青味を増す。村の墓石に使われているから郷里の村ではなじみのある石であった。

「いつでも、来ようとおもえば来れる場所だからな。まず今日のところは、彦次郎さんに娘や孫がやって来たという、顔出しだな」

藤吉は、品の驚く顔を眺めながら歩きだした。

ここにふる里の石が先に来ていた。それを運んだ父の足跡があった。品はこれからの一家の暮らしが見知らぬ土地で営まれるのではないのだとおもいはじめた。

それにしても、鬼鹿で、三十年前に亡くなったという父彦次郎の痕跡が、鬼鹿にも残っているのだろうか。なぜ、父は留萌ではなくて鬼鹿で死んだのだろう。歩きながら品はそんなことを考えていた。

留萌の町並みを見たときから、どこか違うと感じていた町のたたずまいが、屋根のせいだと品は気がついた。郷里の家はどんなに粗末な家でも必ず屋根は瓦葺だ。留萌の家の屋根はトタンか柾屋根がほとんどなのだ。

「この辺はトタン屋根がほとんどなんですねえ。いろいろな色があってにぎやかな」

「雪が多いからな、トタンは積もった雪が滑り落ちやすいし、瓦より軽くて、安いから使われているんだろうな」

北海道には旧い家柄などない、みんなビョウドウや、と藤吉がいったことの意味が、この赤や青の軽い屋根にも現れているのではないかと品はおもった。

藤吉が、家族のために準備してあった家は、大通りから奥に入った路地の突きあたりに建つ一軒家だった。やはり赤いトタンの屋根が張ってある。品はいそいそと入り口のガラス戸を開けた。

部屋の中央にでんとストーブが据えられ、窓はすべてガラスが二重にはめこまれている。品は子どもらといっしょに、ふすまを開けて家の中を見てまわった。茶の間、台所、縁側と床の間付きの座敷、それに八畳間、新しい畳の匂いがする。大家さんが畳を入れ替えてくれたそうだ。

留萌は坂の多い町である。家から路地をぬけて坂を下ると、十分もかからないところに留萌港がある。道路も広く整備されている。このあたり一帯の地名が南記念通りと呼ばれていた。近所にある市場や商店にもでかけていく。

品は毎日坂を下って港を見に行った。大きさも色もさまざまな船が港に停泊している。藤吉の乗っている船が港のどこかに泊っている日もあるだろうが、品は探そうとはしなかった。船乗りは、船に女が近づくのを余り好まないと、幼いころから知っていたからだった。

留萌の春は鰊と共にやって来る。

町のあちこちにはさ場が掛けられ、山のように鰊が運ばれてくる。頬被りをした男や女たちが生臭い匂いを撒き散らしながらせわしそうに歩いていく。

町全体がうろこのように光って見えた。

「鰊が来てるぞ」と叫ぶ町の人の声がすると、品も康隆をおぶって瀬越の浜を見渡せる崖ぶちまで見に走った。

遥か沖合の広い範囲の海面が白く光ってぐっと盛り上がる。そのまま波のうねりのように陸地に向かって、鰊の大群が押し寄せてくる。大漁の日は学校も早々に終わって子どもらが帰ってくる。家に戻って親の手伝いや子守りでもせよということらしい。この季節に藤吉は、小樽や礼文、利尻にセメントと石炭を運んでいた。たまに帰ってくる日にはとれたての鰊をさげてもどる。

鰊の作業場であるはさ場は、だいたい港から近い広い原っぱに作られる。町のいたるところにそんな空き地があって、普段は、子どもらの遊び場になっていた。白つめ草が咲き乱れ、たんぽぽやれんげも次々に花開く。

品は、はさ場のまわりでよもぎを摘んだり、白つめ草でくさりを編んだりして、留萌での最初の春を康隆と過ごしていた。そして鰊場で働く女たちを脇から眺めながらわたしも働けそうだとおもっていた。

初めて見るすっぱい木の実を、グスベリと地元の子どもらが呼んでいた。それをポケットにいっぱい押しこんで、日が暮れると子どもらは帰ってくる。

七輪の上で鰊を焼くかたわらで、品は鰊の数の子を抜き取って塩づけをこしらえた。路地の角の徳田さんのお手伝いさんに教わったのである。鼻の頭が赤くて大きな声で話し、ころころとよく笑う。徳田家の中学生の坊ちゃんにボール投げの相手をさせられ、品の家の前へよくボールを拾いに走ってきた。品はこのお手伝いさんに、数の子の漬け方や、身欠鰊の作り方を教わった。

品の三人の子どもらは、四月から留萌小学校に通っている。長太は中学校の入学試験の時期を逸したので、高等科に進み、辰次は四年生に転入し、一枝は一年生に入学した。子どもらにとっては伯父にあたる長松が、北海道ではたった一人の身内だったが、子どもらに進級と入学の祝いをくれた。子どもらは、彦作のおんちゃんとよんで、たずねてくるのを心待ちにしている。おんちゃんは高価な物を買ってくれたり、こづかいをくれたりする福の神みたいな人なのだ。

長松は樺太《からふと》に材木の買いつけに行って、帰ってきたところだった。

「樺太はどこもかしこも手あたりしだい伐採が進んで、山が墓場のようだった」

と嘆いていた。

「日本の大手製紙会社がやったことや、伐採のあとをどうするつもりなんかの。木は一年や二年で成長するもんでないしの」

藤吉はうなずきながら、黙って雑誌『改造』のページをくっている。

酒がさほど強くない長松でもここへ来れば藤吉の酒の相手をし、泊まっていくことになる。

長松にも福井の町に下宿して中学校に通っている秀治という息子がひとりいる。ときには、息子秀治の自慢話も飛びだしたりする。

鰊漁のあと、藤吉や長松は忙しくなる。鰊粕や身欠鰊、昆布などを積んで日本海まわりで航海に出かける。酒田や三国に寄り、敦賀や大阪の港に停泊する。寄港地は積荷の需要によって決まる。塩が入用なときは瀬戸内まで船足を伸ばすこともある。藤吉や長松は、江戸時代から北前船が来たようなことを小規模にして、発動汽船で受け継いでいるのだった。

鰊漁が過ぎると、やん衆たちが引き上げていく。荒々しいにぎわいが静まり、町は生臭い匂いから一変して、むんむんする草いきれに包まれる。やがて花の季節がいっときに訪れる。

ふと道をそれて野原へ入ると、白い小さな花がさそいこむように強い香を放っている。おもわず花のそばにしゃがみこんで手を触れてしまう。顔を近づけて耳を澄ますと、あるかなきかの鈴の音が聞こえてきそうな気さえする。品はいっぺんにすずらんの花が好きになった。

品がふる里をたったころに、まだ固い蕾だった越前水仙を、その山の風景といっしょにおもいだす。水仙の香は楚々としたものだったが花の印象は鮮明だ。花弁は、帯留めのような黄色い芯を抱えて海辺に向かって咲いていた。崖をよじ登って抱えられるだけの花を切り取って帰り、お墓や仏壇や床の間に供えた。

アカシアの木の下に立って、品は長いこと花に見とれていることもある。体じゅう甘い香につつまれて、丸々とした小さな葉の群れる中に入りこみ、いっとき蜂になった気分で蜜の香りと草いきれを吸いこむ。豪華な白い花が房になって幾つも幾つもぶら下がっている。風に誘われると惜しげもなくばらばらと花びらを降らせる。アカシアの木の下に康隆を遊ばせ、毎日、山仕事もせず、のんびりとときを過ごしていることを品はもったいないことだとおもいながら暮していた。

そんなある日、藤吉が家に「日の出丸」の機関長を連れてきた。「日の出丸」というのは藤吉の乗っている船の名前である。

機関長は脊が高くて痩《や》せていた。海で働く男にしてはきゃしゃである。品の何気なく向けた眼が機関長の窪んだ眼と合ったとき、品は意味もなく狼狽した。気持ちを落ち着けて、ゆっくりとお辞儀をした。顔を上げたとき、深い澄んだ眼が、なんともいえない悲しみをたたえて真っ直ぐに品に注がれている。

「内地から来られた折りには、土産をたくさんに頂戴して……」

頭を下げて礼を述べる間に、彼は小さな咳を続けざまにした。

機関長が福井県の三国の出身なので、同県のよしみから、品とも顔つなぎをさせておこうと、藤吉は彼を連れてきたようだ。機関長は川底修一といった。藤吉より若そうに見えるが、若いにしては元気がないようだ。

子どもらを勉強部屋に送って、散らかったちゃぶ台の上を片づけ、酒を進めた。しかし盃を空けるのは藤吉ばかりで、彼はほとんど酒に手をつけなかった。口数の少ない藤吉は普段から静かに酒を味わう方なので、これといって自分から話し出すこともないのだった。

間を置かず、品は裂きイカの醤油漬けと数の子のねぎ味噌あえを運んだ。朝、弁当に入れた残りだった。修一は手持ちぶさたの様子だったが、遠慮がちに箸を付けた。二口三口食べてみて、

「スルメが柔らかいですね」

といった。数の子にも箸を付けてひと口食べた。

「ねぎと味噌で食べるのは初めてです。歯ざわりがいい」

たった一杯ばかりの酒に酔ったのか、彼の青白い顔の眼のあたりに赤みがさしている。

「スルメは軽くあぶってから、石の上にのせて、金槌でばんばん叩いてから、みりんと醤油に漬け込むんです」

品はほめられたので、はずんだ口調で応ずる。

「留萌に着いた最初の日に、妙覚寺の境内の笏谷石を見てきましたよ。三国港から運ばれた石ですってね」

郷里の者が寄れば、やはりふるさとのあれこれを語りたいものだ。修一が三国の出身と聞い

たので、話題にしたのだった。

「笏谷石は江戸の頃から、福井の足羽山で採掘されてました。石は足羽川を船で下って、三国港から運び出されたんです」

几帳面に説明を加える。修一が幼い頃になじんだ河口の風景でもおもい描いているのだろうか、なつかしいに違いない、そうおもってちらと修一の顔を品は窺《うかが》う。しかし三国といったときの修一の顔がどこか暗い。

酒が入って藤吉の口もいつもより軽くなっていた。

「北前船の積荷は鰊と米が多かった。だが、奥羽や蝦夷地へ向かう下り船には、必ずといっていいほど石を積んだんや。空船では安定が悪いんで、船底に重石代わりに笏谷石を積み込んだ。三国では石のほかに瓦を積むことも多かったな。紅柄《ベンガラ》を塗って焼いた三国の赤瓦が内地では重宝されたもんや」

品はこれまで知らなかった石と瓦の話をだまって聞いていた。藤吉はさらに続ける。

「だが、江戸時代から昭和の初期までは、留萌より増毛《ましけ》の方が天然の良港だったんだ。北前船のほとんどが増毛か鬼鹿の港へ入った。多分、妙覚寺の笏谷石は増毛から海岸沿いに、はしけか筏《いかだ》で留萌に運んだんだろうな」

ふと、藤吉が修一にいう。

「船から上がれば、機関長も一人で炊事しないとならないべさ、めんどくさいだろ。これから、ここへ来ていっしょに食べていったらいい」

「そうでしたか。そんなら、なんにも遠慮はいらんで、いっしょに来なさったらいいですに」

修一の青白い顔と咳が気に掛かっていた品が言葉をそえた。

「四年前までは母がいっしょだったんですが、母が亡くなってからは、ずっと、ほとんど船の上でしたから」

修一の陰りのある表情は母親を失ったからなのか、品は彼の横顔を眺めながらおもっていた。

「機関長はおれらの仲間内ではな、一番のインテリゲンジャよ。大学中退なんだから」

「へええ、そうだったんですか」

インテリゲンジャという意味は品にはよく分からないが、見当はつく。額に汗をかいた修一が、

「いやいや、なんもできなくて、船長さんに助けてもらってばっかりです」

彼は品の胸に、気になる陰を落として帰っていった。その後、家へ食事に来ることはなかった。

修一が、胸の病で坂の上の記念病院に入院したと聞いたのは、それから三ヶ月ばかり後の夏の盛りの頃だった。夏の盛りといっても、北海道では、もう朝夕がひんやりとして内地の初秋

をおもわせる涼しさである。

その病院は、以前藤吉が足を骨折して入院したところだ。怪我を治す医者が胸の病を治せるものやろうかと心配した。あまりにも早く、案じていた通りに修一が病人となってしまったことに驚いていた。

藤吉は、替わりの機関長を探すのに難儀していて、品に病院へ顔を出してやってくれるようにといって出て行った。

川底などというあまり縁起のよくない名前を、なんでまた選《よ》りも選ってつけてしまったのだろうとおもいながら、品は茶の間の掃除にかかった。テーブルの下に箒《ほうき》を差し込んだとき、箒の先に突然小さな蜘蛛が吸い付くように現れた。蜘蛛は品が掃こうとする先々に、するすると移動する。長い足を曲げて、ひしゃげたような弱々しい胴体をゆすって、まるで品の構えている箒を導くように軽々と動いていく。ひと掃きして外へ追い出すことも、ひねり潰して捨ててしまうこともできたが、品は箒を止めた。

「夜の蜘蛛は捨てても、朝の蜘蛛は懐に入れよ」と、母から聞いていた言葉が蘇ったのだ。朝の蜘蛛は、なにかよいことを運んでくるに違いない。品は修一の顔をおもい浮かべた。眼を閉じて病の癒えることを願う。眼を開いたとき、蜘蛛はもう、そこらあたりには見当たらなかった。なぜ、さっと懐へ入れてしまわなかったのか。品は修一の幸運を取り逃がしてしまったようにおもった。

夏結城に着替えて鏡をのぞく。袖をひるがえして立ち上がった。

向かいの吉田さんに康隆を預けて、風呂敷包みを抱えて病院へ向かった。

修一の病室の前で、部屋から出てくる看護婦と入れ違いになった。和服の上に白い大きな前掛けをつけて、襞のついた白い帽子を被った看護婦が胸に小さな金盥《かなだらい》を抱えていた。中になにか色のついた液体が入っていたような気がする。心を落ち着けて部屋に入った。

畳を敷いた狭い部屋に低い台があり、その上に薄い布団が敷かれて、修一が寝ていた。

青白い顔に、弱い微笑を浮かべ、うっすらと赤味がさした。

「どんな具合ですか。主人にいいつかって下着の替えを持ってきましたけど」

風呂敷包みを、脇にあった小さな柳行李の上に置いた。

「すんません」と修一が首を傾けた。

「なにか欲しいものがあるなら、今度、持ってきますが」

「ありがとうございます」

正面を向いたまま修一が答えた。面長な顔に鼻梁が高く通り、厚い大きめの唇がわずかに開かれている。耳の下から哀れなほどそげた頬が顎へ至り、咽喉《のど》の骨が目立っていた。まぎれもなく病人の顔だ。夕べ藤吉がいったことが胸にあった。

「病院へは子どもを連れて行くなよ。病気が病気なだけに、お前も、あまり長居をせんようにした方がいい」

品はだから、着替えを置いてすぐ帰ってきた。

その後に、二度三度と訪ねた折にも、冷たい人のようで気がとがめたが、品は藤吉のいう通りにして、無駄な会話を控えていた。

その日は、品が病院を訪れたとき、修一は気分のよさそうな顔で品を迎えた。庭に咲いていた蝦夷《えぞ》菊の花をガラス瓶に入れて、出窓に飾った。手早く用事をすませた。

帰ろうとしたとき、修一が細い右手を品に向かって伸ばしている。品はおもわず近寄って膝をついた。一瞬ためらった後、その手を取って両手をそえた。祈っているような格好だった。

修一の手は燃えるように熱かった。

「おかみさん、おれはもうだめです。船長さんにも、おかみさんにもよくしてもらって本当に心から有り難くおもてます」

品はあわてて強く頭を振った。

「なにをいうてなさるの。そんな気弱なこと、きっと治りなさるっておもてください」

「おれのこと、聞いてくれますか」

修一は眼を合わせていった。

「私は、私生児なんです。妾の子、といわれてずっと……」

品は返すべき言葉がみつからない。

「三国で海産物問屋をやっていたのが父親で、おれは東京の学校にも行かせてもろた。だが親父が突然死んでから、学校も退学させられて、母も三国を追われてしもたんです。その母も、死にました」

修一は苦しそうで、体にさわるのではないかと品は恐れた。

「両親を怨《うら》んではおらんかったですが、ずっと世間を怨んでいました、人を相手にしたくなかった。海に出ようとおもった、板子一枚下は地獄、それがおれに似合っていると」

短い息を吐いた。咳が出た。血を吐いて止まらなくなったら、と品は恐ろしかった。

「だめでないの、そんなにいっきにしゃべっては。もう休んで、この次に来たとき聞かしてもらいましょ」

品が、修一の手を布団の中へ戻そうとする。

「いや、しゃべらせてくれ」

修一はうめくようにいった。

「これでも、おれにも夢があって、北海道まで渡ってきたんだ。だが、それももうおしまいです。おれが死んだら、骨を海に撒《ま》いてほしい。最後まで世話をやかせますが」

修一は半身を起こそうとする。修一の腰と背中を支えて彼の望むままに、半身を起こしてやった。頼むというように深く頭を下げる。品もそれにこたえて真心から礼を返した。手を添えて修一を元のように仰向けに寝かせた。目尻を伝う涙を品は懐の手拭いで押さえた。品の眼の涙も拭いた。修一の描いていた夢とはどんなものだったのだろう、少年かなんぞのように夢があったなんて、たまげてしもたと、心の中で品はつぶやいていた。修一はしばらく呼吸を整えるように、黙っていた。

「もらってほしいものがあるんです」

修一が枕元を指差して、頭を持ち上げようとする。察した品が枕の下に手を差し込んでみた。小型の本と文字の透けて見える数枚の紙片が出てきた。それを修一の手に握らせた。

修一は頭を枕に戻してじっと天井を見ている。ややあって静かに低い声で話し始めた。

「おれの検挙を予感した母が、風呂を沸かしにかかった。おれの手紙や雑誌、書物の類をほぼ燃やしたところに特高が踏み込んできた。母は残ったこれをあわてて帯の間に差し込んだ。なにをしているんだと問う警官に、息子が帰ってきたら真っ先に風呂に入れてやりたくて風呂をわかしていると、答えたと聞きました。この一冊だけが偶然残ったんです」

品は修一が差し出した小型の書物を受け取った。茶色の表紙に太い煙突のある黄土色の巨大な船が見えた。中に黄ばんだ紙片が挿《はさ》んである。

「早くしまって、決して誰にも見せないで、持っているだけで大変なことになるから」

品は後ろ手に、それを背中と帯の間に押し込んだ。

「おい、地獄さ行ぐんだで」

修一が突然いった。驚いて品が顔を上げると、驚かせてごめんというように、修一は静かに微笑した。

「さっきの本の冒頭ですよ。これ函館港から出航するときの様子なんです」

修一はさらに続ける。

「これを書いた人は数ヶ月前に死にました。いや殺されたんです。自分の意志を貫いて、逮捕されて獄中で」

さらに驚く品を見て、修一はいい過ぎたと感じたようでそれ以上はいいとどまった。

「最初の数枚は暗記できるくらい読みました。定価が七十銭だったことも覚えています。はさんである紙の方には、小樽生まれの人が作った詩というもんが書いてあります。雑誌にのったのを書き写したんです。彼はいまは東京にいるんだけど」

「詩?」品が聞き返す。

「薔薇は口をもたないから／匂ひをもって君の鼻へ語る／月は口をもたないから／光りをもって君の眼に語っている／ところで詩人は何をもって語るべきか」

品が顔を上げて柔らかい微笑をうかべていう。

「ああ、歌みたいなもんですね」

修一がゆっくりとうなずいた。

品はもうためらわずに、正面からじっと修一を見つめた。顔色も呼吸も心臓の鼓動さえも聞きのがすまいとしていた。これまで見たこともない力を、眼にも頬にもたぎらせて修一はいま、眼を見開いている。

しかしさすがにすべての力を使い果たしたようにぐったりした。十分に理解できる力のないことが品には悲しかった。でもひたひたと満たされるものがある。これまで誰とも語り合ったことのない詩とか小説とかいうもののことを聞き、眼の前の世界が広がったように感じていた。何者かに抗い、志を貫いて命を落とした人がいる。まっさらな心を詩や小説に書き記した人がいる。品の心にも沸き立つものがある。品にも夢が生まれるような気がしたのであった。

修一と品の間にひそかな交流が生まれて以来、不安も大きくなっていたが、それにも増して、妙な安らぎの感情が二人の間にもたらされていた。修一の病状が決してよくはなっていないのに、陰を帯びた彼の表情が突き抜けたようにすっきりしていたからである。

しかし修一は日に日に痩せていった。今年の冬を越せるだろうかと、密かに品は案じていた。品が訪れるのを待っているらしい修一の顔を見れば、つい病室にいる時間も長引いてしまう。

彼の話の聞き役になり、もう長くはないだろう修一との時間を貴重なものとおもうようになっていた。

品は、夕べ樺太から材木を積んで戻ってきた藤吉に、修一が三国へ帰ることになったと告げられた。別れの時が、別な形でおもいがけなく早くやって来た。

間もなく叔父に当たるという人が彼を迎えに来て、雪の積もらないうちにと、修一は去って行った。

日の出丸の船主、伊藤船舶の社長の車に、藤吉がいっしょに乗って、修一とその叔父を駅まで送って行った。品は伊藤船舶の事務所の前で見送った。修一は黒い長い外套を着て暖かそうな襟巻きをし、真冬のいでたちだった。外套からナフタリンの匂いがたってくる。修一の感謝のひと言に品は黙って深々と礼を返した。新しそうな靴がまぶしいほど艶々している。品は自動車が坂を上りつめるまで見送っていた。

冬を迎える準備は、短い夏が終わるころから追々はじめられる。

秋も深くなって、ストーブを取り付ける頃、品は体の変調に気がついた。身ごもっていた。翌年の七月に出産の予定と知ると身辺がまたにわかに忙しくなってきた。

初めての冬の寒さが心配だった。

十月にはもう初雪が降った。何度か降った雪が、積もったり消えたりしながら、十一月下旬には根雪となった。外はひどくしばれるが、家の中は、ストーブをたいていれば暖かだった。ゴム長靴をそれぞれの子どもらに買い、橇《そり》とスキーも一組買った。子どもらは、雪遊びに夢中になって過ごしている。だが、雪の多さには閉口した。長太や辰次が朝の雪かきでひと汗かいてから登校する。風邪をひいてはならないと藤吉に諭《さと》されて、品はおもいきって角巻を買った。雪道で転倒しないように長靴には荒縄を巻いてはき、気を張って冬を過ごした。毎日、北西の季節風が吹き荒れる。十一月末から二月まで太陽を見る日はまれであった。零下二十度という寒さに、顔や手がぴりぴりし、やがてしびれて感覚がなくなっていく。身ごもっている品はまるで冬眠する熊のように、雪に囲まれた家の中で冬の大半を過ごした。

雪国の人々の、春を待つよろこびには、はかりがたいほど大きなものがある。根雪がとけはじめる頃、子どもらは土が顔を出す場所を探しまわっては、小さな草の芽生えにも歓声をあげて報告に来る。家族はみんなうきうきした気分で鰊場のにぎわいにも気がそぞろで、ただ出産を待ちわびているのだった。

六月には、早々とふる里から品の姉のすてが出産の手伝いにやって来た。藤吉は名前を考えて半紙に書いたりしている。藤吉はいままでになく子どもの誕生を喜んでいた。出産予定日の前後に家にいられるように仕事の調整までしていた。こんど生まれる子が道産子になることが一番の理由かもしれなかった。藤吉は女の子を望んでいた。

しかし、予定日を過ぎてもいっこうに生まれる気配がなかった。

「なんと、のんきな赤子だべな」

向かいの吉田さんのおばさんが毎日のぞいてくれていった。産婆さんを紹介してくれたのも吉田のおばさんだ。

「いっぺん、産婆さんにみてもらったらどうだべ」

産婆さんは白い割烹前かけをして、荷台に黒いカバンを括《くく》りつけ、自転車に乗って颯爽《さっそう》とやって来た。お産の部屋と決めた六畳間に品を仰向けに寝かせて両股を押し広げ、産婆さんは顔を押しこんでのぞいた。ぱんぱんにふくらんだ腹部に片方の手のひらをあてて、少しずつ静かにその手に力を加えて押しながら、もう一方の手の指を、股の間から産道に差しこんで産道の開きぐあいを見ている。近眼なのか、二度三度のぞき直し、指をさしこんでみてから重々しく宣言した。

「赤子は元気に動いているけど、まだ子宮の口が指一本分しか開いてないから、もう少し待つべ。心配ないべさ」

産婆さんは自信ありげにいう。

「お品さんは何度もお産をしているから、産気づくと生まれるのはあっという間だよ。夜中でも、産気づいたら、私を呼びに来ていいから」

それから十日経っても生まれない。

「よっぽど母さんの腹ん中が居心地いいんじゃな」

すてもあきれ顔でいう。

「予定日の勘定をまちごたんやないやろの」

品もそろりと不安になってくる。

それまで、じっと考えこんでいた吉田さんが突然、顔を上げていった。

「お品さん、あんた馬の手綱をまたがなかったか」

向かいの路地の奥に神馬さんの馬小屋があるので、康隆を遊ばせながらよく馬を見に行った。手綱をまたいだかもしれない。だが品には覚えがない。

「馬の手綱をまたぐと、お産が長引くとか難産になるとかいうんだけど」

「どうしたらいいんか、教えてやっておくれの」

すてが吉田のおばさんにすがるようにして頼んでいる。

「うん、そうだねえ、馬頭観音さんにお詫びのお参りをすればいいんでないべか」

吉田さんが低い鼻を高くしていった。ここでは、北陸弁と北海道の方言が入りまじって飛び交う。

「さあ、どこか近いところに馬頭観音さんがあったか」

と、みんなで思案していると、

「ぼく、知ってるよ」

障子を開けて辰次が入ってきていう。

「ほんとか、ほんとに馬頭観音さんなんか」

長太が疑わしげに辰次のあとを追って入ってくる。

「ほんとだよ、馬寄せ通りの坂の上にちっちゃな森があるやろ。その奥に神社があって、馬の頭をした神さんが立ってるよ。みんなでよく遊びに行くんや。鉄ちゃんがそれに、しょんべんかけてたよ。こんなもん神さんでない、畜生の馬でないかゆうて」

みんな一瞬息をのんだ。

「辰次、お前はしょんべんかけておらんやろね」

品が、鋭く辰次につめ寄った。

「ぼくは、かけとらん、かけとらんって」

みんなの刺すような視線に、たじたじしながら辰次ははげしく首を振り、さらに顔の前で両手も振った。日も暮れかけているので、あした辰次が学校から帰ったら案内させて馬頭観音にお詫び参りをすることになった。

馬頭観音へ参ったその夜、品は産気づいた。さっそく藤吉が産婆さんを呼びに走った。すては釜に湯を沸かし、新しい盥《たらい》を出して準備をした。子どもらは、吉田さんの家に預かってもらうことにし、めいめい枕を持って出て行った。

陣痛は、間合いがだんだん短くなり痛みが強くなってくる。何度産んでも、それは苦しい仕事だ。上の二人の子は村の浜辺に建っていた海辺の産屋で生んだ。二畳ばかりの板敷きの間に、天井の梁から麻綱が一本垂れ下がっていた。高いところに窓が一つ開いている。そこから射しこむ明かりで日暮れや夜明けを知った。日が落ちると、ろうそくを灯した。小屋の床には細かい砂を入れ筵《むしろ》を重ねて敷いて、その上に座った。波の音のする、潮風の入りこむ、板を打ちつけただけの小屋だった。産婆と身内の者一人が傍にいた。いよいよ出産が近くなると歯を食いしばって綱にすがった。

村の何百という女たちが握り締めた麻縄は汗と油で黒光りし、手のひらがすべるほど滑らかだった。外の浜では石を集めてにわか仕立てのかまどを作り、そこで湯を沸かした。

家でお産するようになったのは、昭和になってからで、一枝を生んだときからであった。

生んだ当座はあまりの痛さにもう子どもは生むまいと堅く決心するのやけど、いつの間にかそれを忘れてしまう。女はなんというおろかで、おとろしげな者じゃろか、そんなおもいにとらわれている間もだんだん痛みが強くなって、もう考える余裕もなくなってくる。

「もう、一息、りきんで、きばって」

産婆さんがかけ声をかけるたびに、品は汗を流しながら両足をふんばりいきみ続けた。陣痛は間隔がせばまり、やがて痛みは切れ目なく押し寄せてくる。痛みがだんだん下腹から股へ降りてくる。

眼の前がぼうっとかすんで白い障子の桟が見えなくなる。

「いきんで、いきんで」

その声だけが耳にとどいた。もう死ぬおもいで品はありったけの力を下腹にこめていきむと、裂けるような痛みが腰を貫いた。

「あっ、頭が出るぞ」

開いた股の間に産婆さんが両手を入れて、産道いっぱいにはまっている赤子の頭に手を置いて力をこめていう。

「出かかったよ、もういっかい、りきんで」

その声にはげまされて品は最後の力を振りしぼってりきんだ。産婆さんの声が遠くなっていく。

ふっと腹の力が抜けた。ぬるりと股間をすり抜けるものがある。体じゅうが骨抜きになった。

とおもうと、ギャアと赤子の泣き声が聞こえた。

「元気のいい、女の子だよ」

産婆さんの太い声が遠くで聞こえた。目を閉じて肩で息をしている品の耳元で、すても、

「元気のええおなごの子じゃあ」といった。

藤吉は盥と台所の間をおろおろと行ったり来たりしている。血に汚れた古布や蒲団を片づけてもらいさっぱりとした品のところに、白い産着に包まれて、産婆さんに抱かれた赤子があらわれた。

さっそく吉田のおばさんといっしょに子どもらも戻ってきた。だれもが、にこにこと、生まれたての赤子を取り囲んでのぞきこんでいる。

「黒い髪の毛がたんとあるのう、十分腹の中にいたさけに」とすてがいう。

「赤い顔やな」と長太。

「ちっちゃいなあ」と顔を見合わせる一枝と辰次。康隆はすての膝の上で眠っている。

「なんやら分別くさい顔してるなあ」という長太に、

「まだ皺だらけの顔だから」

と吉田さんがとりなす。そばでは産婆さんが濡れた手拭いで自分の顔や首を、ひと仕事おえた満足げな笑顔で拭いている。

それまで黙っていた藤吉がおもむろにいった。

「名前は留美や」

「えっ、ルミ？」

みんないっせいに顔を上げて藤吉を見た。

「うん、留美、留萌で一番美しいという意味をこめて、留美と名づける」

藤吉が半紙に書いた名前を掲げた。みんな文字を見て声に出して読んで、なんだか腑に落ちないという顔をしている。

そして、とり巻いていた誰もが、あわてて、もう一度赤子の顔をじっと眺めた。赤い顔をして、大口をあけてなにかを探すように口をもやもやしている現実の姿を認めながらも、この赤ん坊のこれからの変貌に期待して、父親の名づけた留美という名前を暗黙のうちに、全員が受けいれた。

出産に藤吉が立ち会ったのも初めてであった。これが、古いしきたりのない北海道だからなのかもしれないと、品はおもった。

黄金岬《おうごんみさき》

日暮れ近くに、品は留美の手を引いて外に出た。家の前の路地を小走りに抜けて広い通りを急ぎ足で海に向かう。道がゆるやかに右にたわみながら下り坂になる。家がきれたあたりで、三歳になる留美を背中に負ぶった。浜から突き上げてくる風が二人の髪の毛を逆立たせ、潮の匂いを吹きつけてくる。

黄金岬の先端に立った。両足を踏ん張っていなければ、吹き飛ばされそうだ。巨大な生き物のうなり声のような波の音を聞きながら、品は落日のときを待った。

薄い雲の一部が動くと、あたりに鋭い光の束を放ちながら、炎の塊が水平線すれすれに姿を現す。留美を背負ったまま品はじっと立ち尽くしていた。海が萌えている。

海と空が静かに交じり合って鮮やかな色が徐々に薄くなってゆく。炎の塊は燃えたまま沈んでいく。やがて仄暗くなりはじめるこのときが品は好きだ。この世と天空の世をつないであわいがなくなるときなのだ。品は自分の心のたかぶりを、分かっても分からなくても、背中の留美に語らないではいられない。

「留美、見ただろう、お日さんが沈んでいくところ。夕陽は、燃え尽きた最期の光なんかやないのやよ。あした、また新しく輝くための力を見せてくれているんだよ」

留美はなにもこたえない。

「これが、わたしの夕陽や」

品がつぶやいた。自分の夕陽をもっていることに、品は小さな歓びを感じている。

左に暑寒岳《しょかんだけ》の山並みが浮かび、右遥かに影のような灯台が光の筋を動かしている。品は二歩、三歩退いて、眼下の海をのぞく。

すべての波が沖から岸に向かって突き進んでくる。しばらくは波の形を保って押しせてきても、必ず白く砕ける。砕けない波は静かに波の姿を消していく。大きく砕けるか、小さく消えていくかは、波の抱えている力によるのだろうか。内に包まれた力が大きければ大きいほど、波は激しく大きく砕ける。

「留美、分かるかい、これが、海なんだからね」

足の下に広がる海は、品にとってはふる里の越前につながる日本海だ。

ここへ足を運ばせるものはなんなのか、品にはよく分からない。黄金岬という名前に惹かれるのだろうか。岬の下の浜辺には最近まで、海面が真っ白く見えるほど鰊が寄ってきたという。

網元や漁師が、儲かって笑いが止まらなかったくらい金が入ったということからつけられた名前だそうだ。

北海道に渡ってくるまで、品は一日として海を見ないで暮らした日はなかった。それは人が空気を吸い、空の下を歩くようにあたり前のことだった。

品は、おのれの夕陽と海を全身で受け取って夕暮れの道を帰ってくる。炎の塊からさずかった力を胸に抱えてささやかな願いを想い続ける。夫の藤吉と次男の辰次が、無事航海を終えて帰ることができますようにと。

黄金岬から、帰りは海沿いの道をたどった。右下に、生き物のようにうごめく海面を眺めながら、緩い坂道を急ぎ足で歩く。

北海道に来て初めて住んだ家が手狭になったので、新しい家に引っ越した。家は、瀬越山の上という地名の通り、坂の上の高台にある。部屋数が増えた二階の八畳間を男の子の部屋にした。二階の窓からは、遠くはるかに留萌港に出入りする船影が見える。

北海道での最初の一年はなにもかも珍しくて、きょろきょろしているうちに過ぎ、次の年の夏に留美が生まれると、つい留美にかまけて一年が過ぎ、三年が過ぎていた。

留美を背負って急いで歩くので背中にも額にも汗をかいた。歩きながら上っ張りの袖口で額の汗を拭った。明日から鰊場に働きに出ることになっている。品は少し気持ちがせいてきた。

大家の堤さんが、港近くに鰊場をもっていた。

「どうだね、やってみないかね」

と堤さんが声をかけてくれた。品は即座に働きたいと返事をした。幸い近くの幼稚園に、春から留美を預かってもらっている。

長男の長太は高等科を終えてすぐ、国鉄に入った。いまでは、黒の詰め襟にあご紐のついた角帽をかぶって、まるで大学生のような姿で機関区へでかけて行く。

留萌に着いた日、疲れきったすすだらけの顔で、四人の子どもが留萌の駅で真っ先に見たものは、出稼ぎに来たやん衆と、ストーブと石炭、そして駅舎の陰に残っていた雪のかたまりだった。藤吉は石炭のかけらをひとつ手にとって長太に見せたとき、長太が、

「ちいさいけれど、黒光りしているね」

と感心していた。あのとき見た石炭の印象が、彼の心を動かすもととなったのかどうか、長太が国鉄に入りたいといいだしたのだ。

「国鉄は給料もいいし、組織も堅いし、将来性もあるって先生がいってたよ。ぼくは長男だから、働いて弟や妹を上の学校へいかせてやりたいんだ」

長太を、進みたがっていた上級の学校へやれなかった藤吉と品にとっては、長太の決心は頼もしく聞こえたが、ほんとうはつらい言葉だった。あのとき、進学を願う長太やそれを勧めて

くれた恩師の気持ちにそえるだけの金が、品は心底欲しいとおもったものだ。いまもその気持ちは変わらない。

「船の積荷の三つや四つ、船長のかいしょでなんとでもできるのやけどな。そうすりゃ藤吉さんも、すぐと持ち船の一、二艘も持った船主になるのやけど」

姉のすてが度々そう品に耳打ちしたものだ。

それができる藤吉ならとっくにそうしているだろう。藤吉はなにごとによらず、いさぎよいほど所有することを欲しない人だ。貧しいことを恥じてもいない。もし身ひとつ消えてしまったら、あとになにも残らないことを望んでいるかとおもえるほど簡素な身の回りだ。船の上だけが自分のすみかだとでもいうように。

品にとっては、それが不安のもとになっている。いつかもう帰ってこないのではないのか。海の危険にも、離れて暮らす危険にも、品は鈍感ではいられなかった。少なくとも夫に纏《まと》いつくさまざまなしがらみ、血や義務や責任というようなもので繋ぎ止められるならそうしたい。帰巣本能でもいいから、家庭に戻ってきてほしいと品は祈っていた。

物欲に淡白だからといって、藤吉は世の中のことに無知で無関心かといえば決してそうではなかった。本を読んで世の流れを見てもいた。手あたり次第伐採が進んで墓場のようになっている樺太の山を見て悲しみ、日本の大手製紙会社のやりかたを嘆いてもいた。

あの夜、茶の間で、長太が国鉄への就職をめぐって両親とやりとりしていた様子は、まざまざと品の記憶にある。

ストーブが燃えていた。みんなセーターやジャケツ姿だった。外はあきもせず吹雪いていた。台所にある漬物樽の上にも氷が張り、みしっと音がするほどしばれる、ありふれた冬の宵だった。その寒さとあたたかさの中で、日めくりのように、家族の一人が脱皮していく。いまでは、長太もときどき助手として機関車に乗り込むことがあるらしく、毎日すすだらけになって帰ってくる。

次男の辰次は迷うことなくこの春から船乗りになった。無口なところも、無欲なところも父親似だ。いま夫と息子はどのあたりの海の上だろうとおもう。

康隆は小学校の一年生に、一枝は五年になった。昭和も十二年、みんなやっと北海道弁がさらりとでるようになっていた。

朝、子どもらを送り出してから、品は自分の身支度にかかった。絣《かすり》のもんぺをはき、筒袖の半天の上に紺色の刺し子を着て、兵児帯をきつめに締めた。手拭いで頬被りしてから藍色の三角の木綿を手拭いの上から被ってあごの下でくくる。鏡の前に立ってみると、格好だけは、やん衆に混じって働いても遜色のない、どこから見ても立派な鰊場女に仕上がっている。子どもらの弁当をこしらえたついでに、残り物で自分の弁当も作っておいた。

品は風呂敷に弁当を包んでさげ、新しい軍手を二足と手拭いを一本ふところに押しこんで、小走りに鰊場に向かった。

堤さんの鰊場は坂道を下って、港に近い、白つめ草の原っぱの中にあった。

原っぱには、すでに細い丸太が何本も立ち並び、横にも二段ずつ細い丸太が組まれて、鰊を掛けて干すばかりになっている。

莚の上には、もう鰊がうず高く積まれていて、朝の日を受けてきらきら光っていた。堤さんと、もう一人の男が莚の前に立っていた。魚の臭いが新鮮に感じられる。品は胸いっぱいに息を吸った。この臭いに慣れなくては仕事にならない。

「お願いいたします」

頬かむりを取って二人に声をかけた。

「やあ、頼みますよ。今年は豊漁でね、いつもより多く買いつけたんです。忙しくなりますよ」

堤さんが上機嫌でいった。それからそばの男の人を指さして、

「この人は毎年、秋田から来てくれる秋田さん。いや名字も秋田さんなんですよ」

と笑った。秋田さんは、莚から体を起こして、照れくさそうにぺこりと頭を下げた。堤さんのいった秋田さんというのは、どうも冗談ではなく本名らしい。まだ若いが実直そうな面長な

顔が、どこか藤吉に似ている。品も笑顔で頭を下げた。

「おかみさんは鰊をつぶすのは初めてですか」

荒縄の束を伸ばしにかかった堤さんが手を止めて品にいう。堤さんは秋田さんの肩までもないほど背が低い。おまけに肥っている。お金持ちになると肥るのだろうか。

「はい、鰊場で働かせてもらうのは初めてです、したけど見よう見まねで、家では身欠鰊をこしらえてますから」

堤さんはうなずいて、

「じきなれますよ。あ、来た来た」

堤さんがしゃべりながら動かした視線の先に、頬被りをした女たちが四人、それぞれリヤカーを押しながらこちらに向かってくる。むっとする魚の生臭さが、また鼻の上にかぶさってくる。

リヤカーが莚の横で止まったとおもったら、たちまち荷台が傾き、品の目の前の莚の上に、鉛色の体をすべらせて鰊がなだれ落ちていく。鰊は生きているように跳ね上がり、ぴちぴち音をたてて飛び散った。

品は鰊から挑戦状をたたきつけられたような気がした。おもわず下腹に力をこめて気持ちを引きしめ、鰊に決闘をいどむ構えになっている。

四人の女は知らない人たちだったが、四人とも品より少し年上のようだ。女たちは、誰にということなく、

「ご苦労さん」

と声をかけあった。品は自分だけが新参者らしいと察して、

「よろしくお願いします」

とまた四人に頭を下げた。堤さんが品のそばに寄ってきた。

「船着場からリヤカーで鰊を運んだ分は、リヤカーの台数で計算するんです、つぶしは一本二本と出来高の束で出面《でめん》賃《ちん》を払います、どっちをやってもらってもいいんですよ」

堤さんはのんびりと聞く。

「初めてだから、つぶしのやりかたを教えてもらったほうがいいんでないかとおもいますが」

「そうだね、それがいい。運びは朝早く来たときにでもやってみればいい」

それで品の今日の仕事は決まった。

それぞれが鰊の山を取り囲むようにして場所を定めて広がった。

「そしたら、下ろした分からつぶしにかかってもらいましょかね」

堤さんは大きなゴムの前掛けをかけ、後ろ手で紐を結びながら号令のように声をあげた。それを合図に秋田さんが、女たちにもゴムの前掛けを配ってくれる。笑いかけながら前掛けを渡

す秋田さんは、ひと言ふた言、なにか女たちにからかわれながら、最後に品にも前掛けをくれた。ゴムの前掛けはずっしりと重たい。前掛けで胸から足首近くまでを幅広く覆った。

品は両隣りに座った人に、

「よろしく」

といい女たちのするように長靴を脱いで筵の上に正座した。長い前掛けの裾でしっかり両膝を被う。堤さんが大きな桶をそれぞれの膝の前に二つずつ配って歩く。そのあとに指サックを二つ渡してくれた。

「これ、使った方がいいですよ。親指ががやられてしまいますから」

品は両手の親指にゴムのサックをはめて、その上に軍手をつけた。秋田さんが順番に、座った女たちの膝前に、スコップで鰊をかき寄せていく。

品は仕事の要領をのみこもうと、しばらく隣の女の手元を見ていたが、おもい定めて、膝頭に被さっている鰊を一匹左手で掴んだ。石鹸のようにつるつるする。えらに右の親指を差し込んで膝の上で頭を押えこむ。右手の親指でえらの下から腹をいっきに掻き切った。はねかえすようにしなやかな魚肉が、ぷりんぷりんと指に伝わってくる。腹からこんもりとした数の子が躍りでた。雌だ。数の子を掴んで前にある大きな桶の中に投げこむ。

雌が数匹続いた後に、ぶよぶよしているなとおもって腹を割ったら白子が垂れ落ちてきた。

雄だ。白子も乾燥して肥料にする。右手で掬《すく》い上げて、もう一方の桶の中に投げこむ。

しばらく続けていると、えらに親指を差し込んだだけで、白子か数の子か分かるようになった。さらにひと目、腹の膨らみぐあいをみると、雌雄の見当もつくようになってくる。調子に乗れば両手の動きが流れるようにつながって、鰊をつぶす仕事はおもしろいほどはかどった。

こうした生鰊の内臓を除く仕事をここらの人は「鰊つぶし」と呼んでいた。しかし、これで仕事が終わるわけではないのだった。つぶした鰊を片っ端からわら縄に連ねて、はさ場に干す仕事が、つぶしと並行して同時に行われる。

二、三日干した後、尾から頭部にかけて背を開いて身欠鰊にする。さらにそれを二、三週間干し上げる。完全に干し上がったものを片身ずつにして束ねていく。ここでやっと出荷できる身欠鰊となる。ここまでの一ヶ月近くが、鰊場の人たちの仕事なのであった。

「昼にしようかね」

堤さんの声で、女たちはみんな、不恰好に立ちあがり、半分しびれている足をかばいながら、用を足したり手を洗ったりするために、岸壁の近くまで降りていく。品もみんなの後に従った。

昼飯ははさ場に戻って、女たちだけ、ござの上に腰をおろし足を伸ばして、持ってきた弁当を広げて食べた。堤さんの奥さんが大きなやかんにお茶を入れて、湯のみといっしょに運んであった。男たちは、どこか飯屋にでも入りこんだとみえて姿がない。

連れ合いの愚痴や、子どもの自慢話など、女たちの遠慮のない会話がひとしきり飛び交っていた。中でも、一番年上らしく、この場の女たちをとりしきっているように見える一人が、ふと品に視線を向けてくる。

左顎の下に大きな黒子《ほくろ》があった。人相見によると、この場所の黒子は、口が軽いということだったか、一生食いっぱぐれがないということだったか、亡くなった母がその手の占い話をよくしていたが、どっちだったのかとおもいだしていると、急にその女が、顔を近づけ声をひそめて喋りかけてくる。たしか、川辺さんとみんなに呼ばれていた。品はなにごとかと、ちょっとひるんだ。

「あんた、北海道に来てなん年経つんだべか」

「はあ、四年経って、今年の春で、五年目に入るんだけど」

「どっから来たの」

川辺さんは、身元調査でもする口ぶりだ。

「福井県の越前です」

「ふうん、いま瀬越山の上に住んでるそうだね、引っ越して来て、間がないんだべね」

「そうです。川辺さんも、うちの近所に住んでいるんですか」

「わたしは、沖見町だけどさ、あの辺りはよく知っているから」

「そうですか」

「及川測量事務所があるべさ」

「あっ、あります、あります。私の家のはす向かいです」

「そしたら、あんたの家は、新しい堤さんの借家が二軒ならんだ二階建てのひとつなんだべか」

「そうです、二階建てのひとつです」

そこで、話は終わったと品はおもった。だけどそうではなかった。いいたいことはその先にあるような素振りなのだ。

「したら、あんたの家の隣は、小笠原さんだべ」

品は、大きくこっくりをした。川辺さんは自分もうなずいて、他の三人の一人一人に目配せをしている。

「小笠原さん、知り合いなんですか……」

川辺さんが、なかなか話し出さないので品が聞いた。

「小笠原さんのこと、いままでに、なにも聞いていないかい」

川辺さんは辺りを窺って口をつぐんだ。すると他の一人がおもいっきりよくあとを続けた。

「小笠原さんはね、樺太から流れてきた前科者だという話だよ」

小笠原さん一家はうちといっしょで、貧乏だけど、みんないい人たちだ。それとも小笠原さんにはなにか、前科者だったという証拠でもあるというのだろうか。品はこの話をこれ以上聞きたくなかった。

川辺さんも、それ以上のことを知っているのかいないのか、あとは口をつぐんだままだ。品は、ただの噂に違いないとおもいたかった。だが今日から、小笠原さん一家を見る自分の眼が、違ってしまうのではないかと、品はそれが心配になった。

もし根も葉もない噂なら、小笠原さんが気の毒すぎる。なにもかも小笠原さんに話して、全くの濡れ衣だと、はっきり弁明してもらった方がいいのではないかと品はおもったりしたが、とてもいい出せることではなかった。

男たちが昼食を終えて、卑猥な笑い声を立てながら咥えタバコで戻ってきた。秋田さんまで下品な笑いを浮かべている。あのまじめ顔の藤吉も、いったん家を離れると淫らな会話に興じているのだろうか。

午後からの仕事に向かった。無駄口をたたかず、がむしゃらに鰊を掴み、腹を割きはらわたを掻き出し続けた。堤さんが船着場に行って話をつけてくると、リヤカーを押した男や女たちが次々に鰊を運びあげてくるので、急かれるように鰊をつぶし続けた。

終わってみると、品は最初の日ながら、そこそこに他の女たちと大差ないできばえであった。手当は出来高払いで、一本つぶしたとか、二本つぶしたというぐあいに数えられる。

「若いから、はばしいねえ」

と堤さんがいった。手早いとか器用なとかの意味らしい。鰊を全部片付けた頃はもうあたりが薄暗くなりかけていた。生鰊を夕食のおかずにもらって腰の手拭いに包み、軍手をぬいだ。右手の親指がどす黒く色が変わり爪が割れている。ゴムの指サックも破れていた。堤さんは大きなソロバンをはじいている。その間に品たちが手を洗いに降りて行った。

帰りがけに封筒に入った日当を堤さんからもらった。品が最後だった。ふところに封筒を納めていると、品の手首を急に堤さんがつかんだ。品の掌の中に紙にくるんだおあしらしいものを握らせ、その上を堤さんの手がおさえた。

「これなんですか」

品が指を開こうとしたが、堤さんのたら子のような指がびくともしない。指のつけ根近くに、濡れて張りついたような毛が生えている。

「初日にしては、きばってくれたのでね、わしからの心づけ。礼いわれるほどでないから。あしたも来てくれると助かるとおもってさ」

品はお辞儀をして受け取った。堤さんの笑い顔は品にとって気持がよくなかった。しかし心はもう子どものところへ飛んでいる。

家の前の路地に入ると、向かいの家の出窓から川田さんの奥さんが顔を出して、品の刺し子姿を珍しそうに見ている。女学校の習字の先生の家だ。奥さんは今日もきちんと和服を着て帯を結んでいる。日曜日になると子どもや女学生が習字を習いにやって来る。一枚も川田先生のところにいきたがっている。字のうまいのはいいことだから習わせてやりたい。品が鰊場で働こうとおもったのはそれもあったのだ。

家に帰ってみると、留美は隣の小笠原さんの家で遊ばせてもらっていた。下げてきた鰊を三匹持って迎えに行くと、

「醤油を切らしてしまったので、少し貸してもらえないかい」

とおばさんが、前掛で手を拭き拭き頼むので、家にとって帰って使いかけの醤油のビンを持って行った。

おばさんの背中に負われた赤ん坊が、かめのこ半纏の中でむずがっている。去年の冬に生まれた赤ん坊だ。

「十番めの子だから充子という名前をつけたんだよ」

となんだかやけくそのようにおばさんがいっていた。男の子を待っていたおじさんが、また女だったのでがっかりして寝こんでしまい、赤ん坊を見向きもしないというのだ。小笠原さん

の家では十人の子どものうち九人までが女の子だ。男の子は康隆と同い年の子だけだ。留美と同い年の繁《しげ》ちゃんがいるから、小笠原さんのおばさんに、いっしょに幼稚園に連れて行ってもらったり、連れて帰ってもらったりしている。

「留美ちゃん、またあしたね」

おばさんが留美の背中に愛想良く声をかけた。

帰りを待っていた康隆が、

「母さん、あばちゃんから小包が来ているよ」

生臭い母親の刺し子の裾をひっぱって、ちゃぶ台の傍まで連れてきた。ちゃぶ台の上に大きな小包がある。ふる里にいる姉のすてからだった。

「みんなそろったら開けようね」

と康隆にいって、品はすぐ生臭い着物をぬいで着替えた。

「一枝の姿が見えないね、どこへ行ったんだべか」

「宮下さんとこへ行ってるよ」

康隆が寝転んだまま教えてくれる。

ストーブに炭を放りこんでおいて、七輪を外に出し、網をのせて鰊を焼く支度をしてから、西隣の宮下さんの家に一枝を迎えに走った。

宮下さんは長野県の寺の住職の息子だったが、お寺を継ぐのをきらって、奥さんとかけ落ちしてきたという噂だ。奥さんは育ちが良さそうでおっとりしている。左足を少しひきずって歩く。宮下さんは拓殖銀行に勤めている。外出するときは二人とも上等のコートを着て、奥さんをかばうように、ゆっくりと並んで歩く。三人の子どものうち真ん中の国ちゃんが留美と同い年で長女の郁子ちゃんが一枝と同い年だ。

宮下さんのところには本がたくさんある。玄関脇の書棚には、朱色と白の模様のある布張りの表紙の背に、日本文学全集と書いた本がずらずらと並んでいる。

一枝が奥の間から出て来て、「ありがとう」と奥さんにあいさつしている。品も奥さんに丁寧に礼をいった。一枝が小型の本を一冊持っていた。

「あれ、そんな大事なものを貸してもらったりしていいんですか」

というと、奥さんは、

「いいのいいの、ゆっくり読んでください。一枝さんは、その本が気に入ったみたいだから」

「『坊ちゃん』っていうんだよ」

「えっ、おなごが、坊ちゃんを読むのかい」

品が驚くと、

「母さん、これはね、夏目漱石っていう人が書いた有名な本なんだから」

一枝にばかにされたようで品は淋しくもあったが、本好きな娘に育ったことがうれしかった。ガラス戸をそっと閉めながら、すてが送ってくれた小包の中から、なにか珍しいものを宮下さんへ持ってきてあげようとおもいながら帰ってきた。

炭はストーブの中で真っ赤に熾《お》きている。さっそく七輪に移して、網の上に鰊を載せる。一枝がちゃぶ台の上を拭きはじめる。

品は去年の秋に漬け込んだ鰊漬けをどんぶり鉢にいっぱい出した。麹と塩と重石の具合をやっとのみこんで、味のいい漬物になった。

「鰊漬が漬けられるようなら、北海道になじんで一人前になったということだよ」

と小笠原さんのおばさんが試食にやって来て、鰊漬けの大根をぽりぽり噛みながら品に合格点をくれた。冬にも、氷のはった桶からこの鰊漬けを上げてお茶受けに食べるのがここらの習わしである。今夜は鰊尽くしだ。

七輪の上で鰊はじゅうじゅうと脂を垂れ、そこらじゅうに煙をふきあげながら焼き上がった。質素なちゃぶ台を、お頭付きの大きな鰊が賑わしてくれる。

「鰊はね、お前らのおじじがまだ生きていた頃、この留萌や隣の増毛の港から、北前船という大きな帆前船で内地へ運んだんだよ。利尻島の昆布もね。敦賀や大阪には、いまでもうまい昆布を売る店があるだろう。父さんだって一枝が生まれるちょっと前まで、北前船に乗って留萌や小樽や新潟に寄って、瀬戸内海を通って大阪までの間を、行ったり来たりしていたのさ」

「だから、僕たち留萌に引っ越してきたの？」

康隆がきいた。

「そうだよ。河野の村には、右近権左衛門と中村三之丞という船持ちがいてね。おじじは右近の北前船に、父さんは中村の北前船に乗っていたんだよ。いまはもう、機械の力で走る船ばかりだけどね」

康隆も一枝も鰊をつつきながら聞いている。品は留美を膝にのせて、鰊の身を口に運んでやった。

「彦次郎おじじはね、ずっと北前船の船頭だったけど、父さんは、まだ若かったから、北前船で、知工《ちく》をやっていたんだよ。いまでいう会計係だね、給料を払ったり、積荷の金を払ったり、売った金を受け取ったりする大事な仕事だよ」

「算数が得意でないとできないね」

康隆は算数が大の苦手だ。

「乗っていたのは短い間だったけどね、北前船は間もなく亡びてしまったから」

「右近さんや中村さんも、つぶれてしまったの？」

康隆がまた聞く。

「つぶれたんでなくて、つぶれる前に商売替えをしたんだね。大金持だからなんでもできるよ」

「でもね、父さんは村にたった一艘残った最後の北前船、中村の観晃丸っていうのに乗っていたんだよ」

鰊の骨を丁寧に取っていた一枝が品の膝に寄ってきていう。

「父さんは北前船が好きだったんだね」

「そうさ、好きだったんださ。中村さんが船を手放すことになったとき、引き取り手が来るまで、正月に大阪の港で、船に一人残って船番をしていたんだから」

「父さん、船と別れたくなかったんだ」

一枝の言葉を女の子らしいと品はきいた。

「父さん帰ってきていきなり、さびしい正月やな、といっただけでなんにもしゃべらない。北前船を降りたのがよっぽど身にこたえていたのや。じっと考えこんでいた」

「それで、留萌に来たの？」

康隆がまた聞く。

「そう、一人で、北海道に行くって。父さんが決めたのさ」

品は話しながら、小樽にあったという右近家の倉庫はいまでも残っているのだろうか、行ってみたいとおもった。

「母さん、にしんという漢字ね、魚偏に東って書くでしょう。でもね、もうひとつ、春告げる魚って書いてにしんってもも読むんだよ。知ってた?」

一枝がちょっと得意そうに、ノートを持ってきて鉛筆で『春告魚』と書いて見せた。

「わたし学校の辞典で調べたんだよ」

「ふうん」

康隆も品も、まだ字の読めない留美ものぞきこんだ。

「なんだか、そのこと前にも聞いたような気がするけど、辞書にあるならほんとうなんだね。春告魚か、いい名前だね。希望がわいてくるじゃないか」

「だけどさ、生の鰊なら、それも、ま、似合っているけど、身欠鰊ではな、ちょっとな、春告魚のミイラってとこかな」

康隆が一枝を見てからかうようにいう。

「康隆、ミイラなんて言葉をどこで覚えたの」

「康隆、ミイラって、その、なにかい? なんのことだい」

品が口ごもりながら問う。得意そうに母親にミイラの意味を説明する康隆の鼻がひくひくする。

品は四十燭の電灯の下で、子どもらの会話を聞いていると、肩のこったのも忘れるようだった。長い夕食になったが、夕食のあとはなにをおいてもまずちゃぶ台の上を片づけてしまう。このちゃぶ台が、子どもらの勉強机に早変わりするからだ。勉強の前にあばちゃんからの小包を開ける。待ちくたびれて鋏で紐を切ろうとする康隆の手を止めて品がいう。

「康隆、紐を切ったらだめだよ。もったいないしょ。ほどいてはずせば、また使えるんだから」

康隆は素直に鋏を置く。すてが書いた荷札の文字をなつかしみ、針金のよりを一本一本もどしながら、品の心はふる里に飛んでいる。

麻の袋に、よく干し上がったかき餅が入っていた。黒豆、昆布、ごま、大豆、栗いり、おなじみの五種類のかき餅だ。菓子箱の中はつるし柿だった。藤吉の大好物の干し芋と芋のじくがたくさん入っていた。干し芋はストーブの上であぶって食べれば、つい食べ過ぎてしまうほどにうまいおやつになる。芋のじくは野菜が手に入りにくい冬場から春先に、油あげと煮ると弁当のおかずに重宝する。

そして一番下から子どもらが最も待ち望んでいる白い紙袋が出てきた。月に一度、まるで、定期便のようにとどく子どもらへのこづかいだ。袋の表には子ども一人一人の名前が筆で書いてある。こづかいの金額は歳に応じて異なっている。そっと封を開いて数えている子どもらの顔を姉に見せてやりたいと品はおもって涙ぐんだ。

ふる里に帰りたいと品はおもう。ふる里の海を見たい。波の音を聞きたい。ふる里の空を仰ぎたい。風を浴びたい。ふる里の土を踏みたい。ふる里の人々に会いたい。留萌の暮らしが嫌だというわけでは決してないが、品は無性に河野村に帰りたかった。なぜなのか、分からない。ただ、生まれ育ったというだけで、あの場所が恋しい。

小包の中身はすべてあの小さな村で取れたものばかりだ。手塩にかけたのは十歳年上の姉のすてだ。早くに亡くなった母親代わりに、品と藤子の面倒をみてくれた。そうおもっただけで品は胸がいっぱいになった。

子どもらは干し芋やつるし柿はそっちのけで、袋の中のお札を数えては、隣を見て金額を気にしている。普段はろくにこづかいを与えていないのだから、しかたないとはおもうものの品はさみしかった。

「母さん、あばちゃんに手紙を書くからね。小包ありがとうって」

「そうだよ一枝、あばちゃんは、一枝がこんなにちゃんと字が書けるようになったかと、きっと喜んでくれるよ」

品がやっと涙をおさめる。

「康隆もちゃんと手紙を書きなさいよ」

康隆は黙って頷くがあてにはできない。

「あばちゃんに、じゅうじゅう脂のたれる春告魚の焼きたてを食べさせてあげたいね」

品もそうおもっていたところだった。

子どもたちは小包を開けて得心すると、ちゃぶ台を囲んで一枝と康隆が頭を寄せ合って勉強しだした。品が台所に立ったあとしばらくは静かだったが、早々と宿題を終えたのは康隆だった。

「父さんはいつ帰ってくるんだろうなあ」

その声に誘われるように品もちゃぶ台の傍に座る。

「あさっての夕方には帰ってくるとおもうけど、天気しだいだね」

時化《しけ》にあえば、船は何日も足止めされることもまれではない。

「こんどは父さん、なにを持って帰るかなあ」

康隆がおもい入れたっぷりにいう。

「まず、青森のりんご、酒田の樽あめだね」

書物を繰る手を止めて、一枝も嬉しげに言葉をはさむ。

「去年は、印度りんごだったけど、ちょっと堅くて、留美が食べ過ぎて吐いたりしたっけ」

品がおもいだしていった。

「そうそう、酒の粕もあったよ、黒砂糖を包んでストーブの上であぶって食べてさ、みんな酔っぱらって赤い顔になってしまったっけ」

一枝がはしゃいで続ける。

「父さんは酒を買い過ぎて、母さんに叱られていたよねえ」

「ろくでもないことを、よっく覚えているねえ、おまえたちは」

品がきまり悪げにいう。

風が出てきたのか裏の空き地を囲んでいるポプラの枝がひゅうひゅう音を立てている。留萌は風の強いところだ。

品は雪が降り積もる音を聞くのは好きだが、風の音は大嫌いだ。風の強い夜はなかなか寝つかれない。藤吉が航海中であればなおのことだ。指で耳に栓をして蒲団をかぶって寝つくようにしている。

明日も鰊の水あげがあって、鰊場が開かれるといいがなとおもい、夜明け前に風が治まるように、品は仏壇の前で灯明をつけお念仏を唱えた。鰊場でいくらか稼いだなら、一枝を川田先生のところの習字に通わせようと考えていた。

二日目は鰊場の仕事を早く切り上げて、カトリックの坂道を帰ってきた。

留萌は坂の多い町だ。新しい家へ越してきてから、いろいろな坂を通ってきた。廉売で買い物をしたときは十字街の坂、駅近くから帰るときは一番険しい神社の坂、フジヤの八百屋に寄ったときはカトリックの坂という具合だ。

商店街や郵便局などは坂の下にあったから、坂道を通らない日はまずなかった。品は坂道をのぼりおりするのが嫌いではない。上るときは、足のほんの先を見ながら進む。常よりいくらか足にも腰にも力が入る。それが心地よいのだった。少し力を加えて自分の足で登っていく、そんなふうに歩き続ける自分が、品は素直に好きであった。

坂を下るときは眼を遠くに向ける。これまで気がつかなかった樹木や屋根や建物、道の具合が見渡せる。そしてなにか難しいことがうまくかたづいたときのような開放感があるのだった。品が中でも一番気にいっている坂は、カトリックの坂だ。真っ直ぐで急な道だが距離は短い。品の家族も多くはこの坂道を利用する。

坂のちょうど真ん中あたりに教会が建っている。小さくて、とがったエンピツのような建物だ。

白い顔の背の高い神父さんが入り口の階段のところに立っている。最初、品は自然にお辞儀をしてゆき過ぎた。村の寺の住職さんを敬っていたのと同じように、神さまに仕える神父さんを品はごく自然に敬う気持ちになっていたのである。

神父さんは顔いっぱいに笑顔をつくり、腰を折るようにお辞儀を返してくれた。それから品は神父さんを見れば必ずお辞儀をする。高い鼻を見るたびに、低い自分の鼻をなでてみて、一人でくすんと笑ってしまう。神父さんはたまに黒いマントのような服を着て、白い襟を出していることがある。普通は白いシャツに黒いズボン姿だ。

教会の前の花壇には、松葉ボタンが咲き乱れていた。地を這うように生え、彩り華やかな花だけでなく、細かく切り込みのある葉も品は気にいっている。この坂には外国の匂いがする。

カトリックの教会を通り過ぎると、こんどは忍び足になって耳を澄ませる。坂を登りきったところにもう一軒、関心を引く家があるのだ。家からはいつもピアノの音が聞こえてくる。この辺りでピアノのある家を、品はここしか知らない。

聞こえる、聞こえる、そうおもってゆっくり近づく。音はだんだん大きくなる。品の知らない曲ばかりだ。朝倉と表札がかかっている。奥さんが家でピアノを教えている。旦那さんは女学校の音楽の先生をしている。夫婦とも上野の音楽学校を卒業して恋愛結婚したんだって、奥さんの名前が華さんというんだよと、どこで聞いてきたのか一枝が教えてくれた。品は、わざとゆっくり歩きながら、横目で朝倉さんの家を眺める。窓ごしにピアノの前に腰かけているおかっぱ頭の生徒と、長い髪を服の肩に垂らして向こうがわに腰かけている奥さんの横顔が見て取れる。品は、まだ一度も行ったことのない、どこか外国の坂道を歩いているような気がするのだ。

ピアノの曲は滞り、繰り返し繰り返し、同じところを弾いている。それでもピアノの音を聞いているのが品は好きだった。

ピアノのある家に強くあこがれているのは一枝だった。この前も銭湯に行く道すがら、せめて卓上ピアノでいいからほしいね、いや、やっぱり黒いピアノに房のついた丸椅子じゃないとねと、独りごとをいっている。

「なにをお嬢さまの夢みたいなことといってるのさ。うちでピアノ買ったら、寝るところがないべさ」

と笑いとばしてみるが、やっぱりピアノにあこがれる気持ちは品も同じだった。

近所に、親しくなってみたい人たちばかりが住んでいるこの瀬越山の上を、品はとても気にいっているのである。

越前の村にいたときは、どの家も何代も前から知り尽くした人々ばかりで、誰が決めたというのでもなく、村での家柄や序列がおのずから決められていた。

「北海道は家柄も金持ちも貧乏人もない新天地なんだよ。きっとお前の性に合うとおもうんだが」

藤吉がいっていたのは、このことなのだろうかと品は少し分かったような気がする。

北海道は確かに新天地かもしれない。

山といわず原野といわず、屋根も道も木も、一面ただ真っ白に覆われている雪の朝、太陽の光が雪面に反射して燦燦と降り注ぐ様は、新品の天地、まっさらの大地と息をのむほどに清々しい。

しばれる冬の寒さも品は好きだった。身の引き締まるほど、自分の中の弱さと醜さを鞭打たれていると感じている。

雪がとけるといっきに春が来て、手つかずの荒々しい緑が果てもなく広がってくる。入ったら心地よくてもう二度と出てこられないような深い緑だ。こんなに北海道の良さを並べ立ててみても、品はやっぱり、ふる里の河野村が一番恋しい。

子どもらが寝静まった。鰊場の二日目も終わり、軽い疲れを覚える体を布団に横たえる。藤吉もいま、眠っているのだろうか。起きて船の上で仕事をしているのだろうか。夫は陸の上にいるより、海の上で暮らす方が長いにちがいない。

男はなにかに憑かれて一生を終えるのかもしれない。なによりも強く男の心を捉えてはなさないもの、それがあるから、目の前の苦しい日常をやり過ごすことができるのだろうか。藤吉の心を捉えているのは海に違いない。自分はどうなんだろうと、ふと品はおもう。

突然船を下りて鬼鹿で暮らし始め、そこで死んでいった父彦次郎の場合はどうだったのだろう。品は鬼鹿をたずねてみたくなった。

夜勤だった長太が帰ってきて、玄関のガラス戸に鍵をかけている。みんなの眠りをさまさないように、忍び足で二階の階段を登っていく。声をかけるのはよそう。せっかく長太が気をつかっているのだ。寝入ったふりをしていよう。品の朝は早いのだ。

眼を閉じる。裏のポプラの樹が風を受けて鳴っている。

家の前から坂を一つ登れば、山ぎわに高等女学校が建っている。セーラー服を風になびかせて、女学生の一団がにぎやかに通っていく光景を、品は幾度となく見ている。

一枝が望むなら、女学校に進ませてやりたいと品はおもった。

品は早起きして、半月ぶりに帰ってくる藤吉と次男の辰次のために、蕎麦を打つ準備をはじめた。蕎麦は藤吉の好物である。特別に誂《あつら》えた蕎麦打ちの道具ひと揃えを物置から出してきて茶の間に広げる。若い頃、北国街道の宿場町で食べた蕎麦の味が忘れられないという藤吉のために、家でも品が蕎麦を打つようになった。わざわざ敦賀の港からこの留萌まで運ばせた蕎麦打ち道具は、自慢できるものだと藤吉がいう。こね鉢はトチの木で、のし棒とこね板とこま板は杉の木でできている。こね鉢は普通は白木の方が好まれるのに、藤吉はわざわざ隣村の河和田の塗師のもとへ送って越前漆塗りで仕上げさせた。持ち重りがするうえ艶が違う。

食べる物にも着る物にもことさら執着しない藤吉にしては、蕎麦打ち道具には異常なほどのこだわりようであった。年越し蕎麦はもとより、藤吉が船から陸へ上がった日にも品は蕎麦を打つ。蕎麦粉は、河野村ですすてが収穫して送ってくれたものだ。

太めの大根も買ってある。冬場の大根は家の裏の空き地に穴を掘って入れておく。雪が三尺も積もるので目印の棒を立てておく。

蕎麦粉をこねる間じゅうも、蕎麦の香ばしい香りが茶の間に広がってくると、その香りを品はゆっくりと味わう。飾ったところのひとつもない、裏もない、真っ正直な蕎麦にふさわしい香りだ。もろぶたの中に蕎麦の玉を並べながら、色の黒いぼさぼさしたところも、贅沢をしないわたしらそっくりだと品は勝手におもいこんでいる。納屋から鰊漬けをどんぶり鉢いっぱい出してきた。


父の彦次郎は船を下りて陸《おか》の暮らしをしていたのに、ふる里の村には帰ってこなかった。父の死体を見たわけでもない。頭の中に彫りこんだように、鬼鹿という言葉だけが残っていた。それはいつも秘密めいて、どこか空恐ろしい場所として記憶されている。鬼鹿は鬼の住む村。右近さんの離れに行って、絵巻物を見せてもらったことがある。角が生え、体中が赤や青の鬼が住んでいる村があった。鬼はいつも悪者で、村人からは嫌われていた。おとさんは鬼に食われて死んでしもたんや、幼い品はそうおもっていた。

ある日、キクと四人の子どもたちの元へ彦次郎の骨壷がとどいた。それが品の九歳のときだった。壷は白い布に包まれていた。キクはうやうやしい手つきで布を開き壷を仏壇の正面の台の上に置いた。家で一番丁寧に取り扱われているその台は、月に一度やって来る円福寺の坊さんが経本をのせるものだった。父の骨壷はその台の上にのっていた。壷は流し場の棚にある味噌壷に似ている。泥の色をしたざらざらの歪んだ壷だ。

北海道から骨を持って帰ったのは誰だったのか、品は覚えていない。キクは壷を膝元に下ろして蓋を取った。みんな頭を寄せて中の骨を見た。品と妹の藤子は母の背中に隠れて、母の腕の間から顔だけ出し、こわごわと眼をこらした。壷にはあふれんばかりにびっしりと白い太い骨が詰まっている。

「おとさんの骨だという印は、どこについてるんや」

品はつぶやいて顔をひっこめた。

「死んでしもて骨になれば、誰のものとも見分けがつかん、誰も彼も、みんないっしょくたや」

キクの吐いた息で線香の煙が、もやっと揺らいだ。

骨壷を祭壇に飾って葬式をした。なかなか終わらないお経の終わりがけに、鬼鹿という言葉だけが幼い品の耳にうねる風のようにとどいた。

母や姉が、鬼鹿での彦次郎の生活や死を話題にしないのを、品は大きくなってなんとなく気づくようになっていた。

藤吉と辰次が半月ぶりに帰っても、ことさら話をするわけでもない。黙って食卓の前に座っているだけで、空いていた穴が埋まったように家族の気持ちがふらつかないで座りがいい。子どもたちが食事をすませて席を立つ頃、藤吉も晩酌を切り上げて蕎麦を食べにかかる。

「蕎麦は噛まないで食う。のど越しを味わうもんや」

藤吉は食べる度にいつも同じことをいう。蕎麦は荒地によく育つ。村の山の斜面を覆う白い蕎麦の花は、不漁のときのうつうつとした村に、いっとき華やぎをもたらすのだ。石臼で挽いた蕎麦粉の団子も蕎麦掻きも、幼い頃から藤吉や品の口に馴染んだ味なのだった。

「わたし、鬼鹿に行ってみようとおもう」

聞いていた藤吉は、黙って二杯目の蕎麦を食べている。

「おとさんは、鬼鹿からなんで村に帰ってこなかったんだべか。死んだおかさんは、それを一番知りたかったんでないべか」

藤吉は、煙管をくわえる。真っ直ぐ煙がのぼる。

「それに、おとさんが鬼鹿の神社に奉納したという灯籠も、見てきたいし」

「いまさらなあ」

鬼鹿は留萌からそう遠くない海岸沿いにある村だ。

「もう、四十年近く経つんだろう。行ってもなにもわからんさ」

藤吉のしぶしぶした声だ。

「娘のわたしが近いところにおりながら、おとさんの最期の場所を訪ねもしないのではね」

品の声に力がこもった。鬼鹿にはやっぱりなにかありそうだ。ならばなおさらいかねば、娘としてのつとめが果たされないではないかと品はおもうのだ。

「おかさんはきっと、品よ、落ちついたらおとさんの住んでいた場所を一度は見てきておくれと心ん中でおもてるんでないやろか。灯籠だけでも見てきたら、おかさんも気がすむんでないべか」

「仮にさ、分かっても、もうすんだことだ」

藤吉は煙管に二服目を詰めながらいう。

十月になれば初雪が降り、十一月はもう冬だ。藤吉の船はぼつぼつドック入りする。そうなれば家を空けるのもはばかられる。雪がこないうちに鬼鹿をたずねたいと、品は気がせいていた。しかし、なかなかその機会をつくることができないで月日が過ぎていく。

昭和十四年十月初旬のある日、品は意を決して、バスで鬼鹿に向かった。

海辺に沿ったひと筋の道は、風にあおられた砂ぼこりでぼんやりかすんでいる。左手に海をのぞみ、ぽつん、ぽつんと家が建つ荒涼とした原野の中を、がたがたとバスが進む。間もなく道路のすぐ下に白い波が打ち寄せてくる。河野の浜に似ているなと見ていると、大きく右に曲がって海が見えなくなりバスが止まった。カゴを背負った女や頬かむりをした年寄りなどがバスを降りて、集落の中に歩いていく。

強い浜風を頬に感じ、鬼鹿の空気を鼻の奥がピリッとするまで吸いこみながらあたりを眺めた。トタン屋根に粗末な板を打ちつけたような平屋には窓も少ない。うらぶれ果てた住処《すみか》という感じだ。

なんの手がかりもなく、人が住んでいるのかいないのかさえ分からないような家の前を、なん軒か通り過ぎると、道は川に沿って集落の奥へと上り坂になる。角の家がよろず屋らしく、たばこ・酒と書いた汚れた看板が軒下にかかっている。石段を一つ登って玄関の硝子戸を開けた。縞木綿の上っ張りを着た小柄な女が出てきた。

「ちょっとおたずねいたします」

女は上っ張りの袖で鼻水を拭きながら顔を向けた。

「この村に、神社は幾つあるんでしょうか」

「村にお宮さんは一つきりだ」

女は草履をはいて店から出てきた。

「あそこだ」

太い指をさし、背をかがめて木の間に見える灰色の鳥居をすかし見る。海で働く者のたくましい手に品がうなずいた。

川に沿って上っていく。家の軒先に干してある洗濯物の間に、金串を刺されたカレイや鰯《イワシ》が、空をにらんでぶら下がっている。季節はずれの大きなハエが飛びまわっている。

神社の上り口で高い石段を見上げた。できたてのまっさらの石段だ。品はがっかりした。石段の両側に同じような間隔を空けて灯籠が立っている。刻んである年次と氏名を確かめながら、一段一段登っていく。本殿までいきついたが、彦次郎の名の灯籠はなかった。この神社は新しすぎる。

脇に社務所と住まいを兼ねたような建物がある。玄関の硝子《ガラス》戸が三寸ほど開いていた。品はおもいきって、そのすきまから、

「ごめんください」

と声をかけた。

「はーあい」

ふわっとしたスカートをはいて、短い前掛けをした若い女が出てきた。品は丁寧に腰を折ってお辞儀をした。

「留萌から来た者です。わたしの父親が生きていた時分に、鬼鹿の神社に灯籠を奉納したと

聞いていたんで、見せてもらいたくて来ましたが」

「ああ、でも、この神社は見た通り新しいんです」

女は困ったような顔でこたえた。

「元の神社はもっと下の浜辺のそばにあったらしいのですが、海岸沿いにバスの道がつきましたでしょ。それに本殿が傷んでいて、昭和に入って間もなく神社はここに移ったとか」

がっかりする品を見て、元気づけるように女は続けた。

「昔の古い灯籠が本殿の裏にかためてありますから、見ていきますか」

品は本殿の裏にまわった。石が欠けたり台座が落ちたりした灯籠が打ち捨てられてある。一つ一つ指の腹で泥や砂をこそげ落とし、灯籠に彫った文字をたどって行った。重い石を転がし、地面に顔をつけてのぞきこんだ。明治と刻んだものもあったが、奉納者の大方が、ここの住人か増毛か小樽だ。加賀が一つ見つかったが、越前は見あたらない。神社を見たときからそれは予想できることだった。

もう一度硝子戸を開けて声をかけると、さっきの女が出てきた。洋服姿は、とても神主の妻のようには見えない。

「わたしたちも、移ってきたばかりで、村の様子はなにも分からないのですけど。主人はこの神主で、村役場に勤めています。聞いたら、なにか分かるかもしれません」

役場の場所を教えてもらい、女に礼をいってそこを離れた。歩きかけて、まだ本殿に参拝していないことに気がつき、「もったいなや」と品はつぶやいて、足早に社の前に引き返した。賽銭を入れて手を合わせて祈ってから石段を降りた。

来た道を浜辺に近い河口まで下って、二股に分かれた道を、来たときとは反対側に折れた。すぐに木造の間口の広い建物があり、鬼鹿村役場と大書した古びた木の板が見えた。知らないところへ入っていくには、なにがしの気遅れをふっきらなくてはならない。品は覚悟して戸を開けた。みんな一斉に顔を上げて入口を見る。一人に話せばみんなに聞こえてしまうほど狭い暗い部屋で男たちが机に向かっている。西洋風の上下に開ける窓が珍しかった。神主さんをたずねてきたと告げると、入口に近い机で事務をとっていた一番若そうな人が自分だとこたえた。訪問の用件を手短かに話した。「垣下彦次郎」と父の名を述べ、死亡年月日を明治三十七年十一月一日と続けた。彼は、それをくりかえしすぐ戸棚の前に行って、分厚い黒い表紙の書類を何冊か繰ってから一冊を出して持ってきた。机の上に広げて丁寧に眼で追い、一枚一枚めくっている。彼の動く眼を品も追っていた。

「ううん、死亡届は鬼鹿では受けていませんね」

彼は書類から眼を上げた。

「よそからの寄留者や出稼ぎの人なんかは本籍のあるところで死亡届をするのが普通ですか

らね」

品は郷里の村役場で確かめたわけではなかった。盆に、円福寺の住職から過去帖を見せてもらって死亡年月日を書き留めておき、北海道に渡ってくるとき、お経の本といっしょに持ってきたのだ。

いまとなれば、彦次郎がほんとうにここに住んでいたのか、ここで死んだのかさえもあやふやなのだ。

「そうですか。父は鬼鹿村で死んだと聞きましたが」

ううん、というように彼は考えこんでいた。

「お宗旨はなんですか」

「ああ、わたしらの寺のね、浄土宗です」

「それなら鬼鹿の浄土宗のお寺になにか記録が残っているかもしれませんね。亡くなると必ずお経をもらいますから」

「はあ、そうですね」

「ここから、山裾まで一本道だから寺はすぐ分かります。それに立派な寺の山門が遠くからでも見えますから」

まだ若そうな彼が神主にはとても見えなくて、都会の会社員のようだ。

「父が奉納した灯籠があるかと、神社で、奥さんに古い灯籠を見せてもらいましたが」

「そうですか。私どもは神社の移転のあとに来たので、以前の神社のことには疎くてね。悪かったですね」

気の毒そうにいう。品がお辞儀をして顔を上げると、

「これからいかれるあの寺も、北前船の船主が建てたらしいです。立派なものですよ」

ちょっと自慢らしい口調でいった。寺なら、河野の村の寺だって、立派さといい古さといい負けはしない。なにしろ蓮如さんが立ち寄られたことがあるくらいなんやからとおもいながら品は歩きだした。

確かにみごとな山門が品の前に少しずつ姿を現す。身も心も引き締まるおもいで山門を見上げた。こんな荘厳な山門はふる里の村にはなかった。いや留萌の寺でもこんな山門は見たことがない。

庫裏の入り口で案内を請うと、年配の品のいい婦人が出てきた。床に膝をつき、怪訝《けげん》そうな眼で品を見上げる。手短に事情を話すと奥へ入っていき、和服を着た若い男を先にして戻ってきた。

「この寺の住職です。調べてみましょう。ま、ここではなんですから、奥へ入ってもらって」

品は婦人のあとから、拭き艶のする廊下を通って和室の机の前に座った。ここでも、古びた

黒表紙の帳面をなん冊も重ねて持ってきた。

「明治三十七年でしたね。その前後をいま探しているのですが、私の父親がこの寺に入ったのが明治三十八年四月なんです。そうでしたね、母さん」

そばの婦人に同意を求めた。

「だから彦次郎さんとかが亡くなった一年後になりますか。三十八年以降の記録は父の筆跡で残っているのですが、惜しいことにそれ以前のがないのです」

お茶を運んできてそのまま、そばで話を聞いていた婦人もいいそえた。

「せっかく来てくれたのに、お役に立てませんでしたね」

しばらく思案してから、年配者らしく、なんとか手がかりを見つける助けになりたい口ぶりで、そばにいる住職に気兼ねしながら品に話しかけた。

「鬼鹿にね、お鹿婆という高齢の方が一人で住んでいます。鬼鹿一番の長老なのでね、その上、村のことなら知らないことがないというほど覚えのいい人で、だれそれがどうしたという人の行き来には、異常な関心があるようです」

婦人は饅頭を食べるようにと勧める。品は饅頭と茶を口にした。朝、家を出てから、昼をとっくに過ぎているのになにも食べていなかったので、茶と白い饅頭はおいしかった。

「お鹿さんは手相や家相、運勢なども見てくれて、よくあたると、女たちは頼りにしているようです。お鹿さんならなにか知っているかもしれませんね」

住職は書類を片付けに立った。品は賽銭のつもりで幾らかを紙に包んで置いてきた。

訪ねたお鹿婆は、小柄な体でかなり腰もかがんでおり、ぞろぞろと裾をひきずる刺し子を着ている。額に巻いた幅広い布が鉢巻のように見える。一枝の郷土読本に載っていた、アイヌの人に似ている。その本にはヲニシカにもルルモッペにもアイヌ人が住んでいたと書いてあった。お鹿婆はアイヌの末裔なのかもしれない。

額に巻いた布の間からこぼれているたっぷりとした白髪。八十なのか九十なのか、もっと若いのか、歳なのか、見当がつかない。太い眉毛は白いのに、ふさふさとして瞼《まぶた》に垂れるほどの量がある。吊るし柿のような顔に両の眼はらんらんと鋭く光っている。わずかに盛り上がった鼻の先が欠けていて、ソラマメのような穴が二つ開いている。まわりの空気をみんな吸いこむ勢いで息が出たり入ったりする。

品はしばらくあっけにとられて立っていた。我に返って、深々と頭をさげた。顔をあげて見ると、お鹿婆は巾着のような口を無理に広げるように唇の端を引き上げた。笑っているらしい。下の前歯が二本、隙間の中に残っていた。品は見つめ返した。

「なに用じゃ」

しゃがれ声できかれた。品はたずねてきたわけを話した。

お鹿婆はなにもいわず、じっと品の顔をにらんでいる。長い時間に感じた。婆はやっと眼尻の皺をいっそう深くして唇を開いた。前歯の隙間から声がもれる。

「いま、なんとゆうた。彦次郎、垣下彦次郎。お前さんは、本当にあの人の子か」

「そうです」

婆は顔を寄せて、上目遣いに品を眺めすかしてから、ふいと顔をそむけた。

「はて、彦次郎は、村さ帰ってもかかも子もおらん、独りもんじゃ、とゆうておったが」

品は耳を疑った。婆は人違いをしている。歳のせいで、ぼけてしまったのだろうか。婆は再び、ゆっくりといい直した。

「垣下彦次郎じゃろ、越前河野浦の。右近権左衛門の持船の船頭をしておった」

品は深くうなずいた。

婆が首をかしげる。

「連れの者らが、我が身の村さ帰っても、彦次郎は鬼鹿から帰らなんだな。ここさ骨を埋めると」

品は唾を飲み込んで婆の顔をにらんだ。

「確かに、彦次郎は、かかも、子もおらん、独りもんじゃと……」

婆がまたいう。顔を赤くして品はうめいた。そして婆にくってかかった。

「そったらこと、あるわけないっしょ。わたしは彦次郎の子で、キクというわたしらの母親もおりましたが。なんという、むごつけないことだべ」

婆は余裕のあるこっくりをして巾着の口をゆるめた。

「男なら、いいそうなことや。我が身に都合ように、嘘をつくもんじゃで」

婆はそこで一息入れた。

「わしも、頭っから、真に受けていたわけでないけどもさ」

にっと笑う。品はあがりがまちにしゃがみこんで肩で息をした。

家族は生きながら捨てられていた。なぜ、嘘をついてまで、父は鬼鹿に留まろうとしたのか。

婆はまた改めて品の顔をしげしげと見ている。

「そやな、眼のでかいとこや、小鼻のところ、顔はどことのう彦次郎に似とるようじゃ。だがな、これはわしの作り話ではないんじゃぞ。彦次郎が自分でいいだしたことじゃ」

喉が渇いた。品は水が欲しかった。

「彦次郎が鬼鹿で暮らしておったのも、ここで死んだのも、それは間違いない」

「知っているんだね、父のこと。どんなことでも話して聞かせてください」

品は土間に膝をついた。

「知ってるというほどでないけどもさ、いっしょに暮らしておったおなごのことは知ってお
る」

「おなご！」品は立ち上がった。

「上がれや」婆が部屋の中を指さした。

足が沈みこむようにじめりとした古畳の上を歩いて、傾《かし》いだ煙突のついたストーブのそばに
行った。横に低い踏み台がある。

「ここさ、ねまれ」

婆が指さす畳の上に座った。踏み台は机代わりらしい。婆も畳に尻を落とし、刺し子であぐ
らをかいた足を覆った。

「彦次郎を、親しい者は彦次と呼んでいたけどもさ、そのうち彦爺というようになっていた
な」

「いっしょに暮らしていたおなごのこと聞かせてください」

お鹿婆はまじめな顔でうなずいた。

「おなごの名前は工藤歌というてな、こんな字じゃ、ほれ」

婆は品の掌《てのひら》をとって、そこに歌という漢字を書いて見せた。

「わしよりか二十か、もちょっとか下やったけど、淋しげで静かな人じゃった。五つほどの

かわゆいおなごの子がおった」

品はまた息を飲んだ。おもわず言葉がほとばしる。

「えっ、彦次郎に……父に子がいたんですか」

「まんず、落ちついてよお聞け。まだ三十になるかならんの美しげなおなごに、世の中の男どらは、いろいろしかけるもんだわ。江差や留萌の港で、そら、人にいえぬ暮しば、してたんでないべか。そんでも子どもが学校へ行くようになったら、なんとか身を堅くして暮らしを立てたいとおもうようになったんだべな。懇意にしていた鰊御殿の大旦那の口利きで、だあれも知り合いのないこの鬼鹿に来たんだべさ。飯場で働いて、おなごの子を学校へ通わせようとおもうようになったんだべな」

ストーブの上にすすけたやかんがのっている。婆は中腰になってやかんに手を掛けた。婆の手は、取っ手に絡まった蜘蛛のようだ。品が気をきかせてやかんを取ると婆の手がひっこみ、煙突の曲がりの下に伏せてある湯のみを掴んで踏み台の上に置いた。

「歌は、ここにも、よお寄ってくれてな」

品がやかんから台の上の湯飲みに湯を注いだ。婆は飲めと手で示す。口の中がからからだったのでいっ気にぬるい湯を飲んだ。飲み干した湯飲みにまた注げと指図する。婆が同じ湯のみで飲んだ。品はなんだか二人が他人ではなくなったような気がした。

「父は歌さんと飯場で知り合ったんでしょうか」

「それが、そうではないんだわ」

もう四十年近くも昔のことだ。婆は薄ぼんやりした過去をたぐりよせるように、はるかかなたを眺め、覚束ない眼をすすけた天井に向けているではないか。

「鬼鹿から、ちょっくらと南に下った辺りの沖で、彦次の乗った船が沈んでしもたんや。よう勝手の分かっている海やから、よもやと誰しも疑ったが、それが恐ろしいことになったのや。海をなめたわけではないじゃろがの。慣れた海だからこそ侮ってはいかん。彦次も肝に銘じてそうおもたやろう。命を失った者も無事やった者もおったけどな」

品はそれを知らなかった。

「なあに、船が遭難するなんぞ、毎年だで、珍しいことでも驚くことでもないべさ。彦次は、それから北前船を降りた。伝馬船を一艘手に入れて、それをあやつって若布や昆布を採ったり、ウニやサザエを採ったりして、気ままに暮らしておった。俳句をたしなむような男だったからな、女所帯の手紙の代筆をしたり、代書人のようなこともしておった。畑を借りて野菜をつくったり、頼まれれば大工仕事もやっていた。なかなかの腕じゃったようじゃぞ。柄の大きい男でな。漁師とは見えんほど、色白の、いい男じゃった」

婆はそこで含み笑いをしてしばらく黙った。

「そして突然、その騒ぎがおこったのじゃ、」

婆はおもわせぶりに言葉を切って品の顔を窺う。

「ちょうど、やん衆も大勢入って、村は鰊の大漁に沸き立っていたときじゃった。歌も飯場の仕事に気を取られて、一人で遊んでいた子からうっかり眼をそらしていた。そのちょっとの間に歌の子どもが突然おらんようになってしもたのや。狂ったように探しまわったがどこにもおらん。飯場の下の浜辺で遊んでいた姿を見た者がおってな、海にはまってしもたんやないかといいだした。歌は、浜辺に出て、声がかれるまで、子の名を呼んで、はだしで辺りをうろついていた」

そこで婆はひと休みする。

「それで、子どもさんは、見つかったんですか」

婆は鼻の穴をふくらませて、大きく息をする。それからまた話しはじめた。

「いんや、一日たっても二日たっても見つからなんだ。そのうち、赤い鼻緒のついた子どもの草履が片方、波打ちぎわに流れついた。一日遅れて、とき色のしごきも若布《わかめ》のごとうに流れついた。足を滑らせて海にはまったのに違いないとみな噂し合った。村の男たちが、小船に乗って探しに出た。んだが、三日たっても四日たっても子は見つからなんだ。せめて死体なりとも見つけたいと誰もが願うていたんや。彦次も自分の伝馬船で沖に出ていた。我が身の庭のように、海の底も潮の流れも知り尽くしている漁師らにも、子の死体を見つけることができなんだ」

同じような歳の子をもつ品は、はや涙ぐんだ。

「船が帰ってくるのを歌は浜辺に出て、毎日待っておった。食べるものも喉《のど》を通らず、なりふりかまわぬ歌の、人が変わったような姿は哀れやった。それでも、五日たち、六日たちするうちに、男たちもだんだん諦めていった。諦めん男が一人おったのじゃ。毎日、誰とも言葉を交わさんと、黙々と船を出して子を探す彦次郎の姿が、村のもんの眼には異様にさえ映ったのじゃ。船を出すもんはだあれもおらんようになった。そんでも彦次郎だけは、毎日沖へ出て、子どもを探しておった」

聞いていて品は腹だたしいおもいだった。わが子を捨て去った父が、どうして他人の子をそこまで探しまわるのか。

「二十日も過ぎたころじゃったか、彦次郎はおもい余ったように、気の進まぬ足どりで、浜辺に立ち尽くしている歌のそばへ近づいた」

そこで婆は、

「わしが、あとで歌さんに涙ながらに聞いたことやけどな」

と断って話を続ける。

「彦次郎が歌のそばに行ってこう話した。俺は、最後に一縷の望みを託したいのや、だまされたとおもうて、聞いてくれるか。歌はぼんやりと顔を上げた。近づいてくる男が誰なのか、見わけられなんだ。」

婆はそこで話を止めた。

「湯をくれ」とやかんを指した。品はあわてて湯のみになみなみと湯を注いだ。婆は、鶏のような首をそらせてひと口ずつ飲んでから、また話を続ける。

「どんなことでも、どうか、聞かせておくれ。娘がつべたい水の中に何日も漬かっているとおもたら、一刻も早う、救い出してやりたい。たとえ私がどうなろうと。歌が泣いて彦次にすがりついた。顔を上げた歌に、彦次郎が含めるようにいった。俺の村に古くから伝わっているおまじないみたいなもんやが、村の者らはみな信じておるけどな」

歌は彦次郎の足元にしゃがみこんで泣きながら訴えた。

「どうか、そのおまじないを教えてくださいい」

品は村に伝わるというそのおまじないをおもいだそうとしたがおもい浮かばない。

「それはな、子が生まれたときの臍《へそ》の緒、お前さんはたぼてあるかいのう」

婆は品に問う。

「臍の緒？……」

それをどこにしまいこんだかと、品はちらと考えている。

「赤子と母親をつないでいる臍の緒を、産婆が鋏《はさみ》で切って、油紙に包んで絡げてくれる、あれじゃ。ほたて貝の紐を干してちょんと切ったようなもんじゃな、その臍の緒を、母親が胸に抱えて海にでれば、海の中の子が見つかるというものやな」

婆が鋏を持って切る真似をする。品は素直にこっくりした。

「歌がさっそく間借りしている部屋にとって帰って、娘の臍の緒を持ってきた。日の暮れんうちにと、彦次郎の伝馬船に歌も乗って沖に出た。話を聞いて寄ってきた誰もかれも、半信半疑だった。笑いだすもんも、彦次郎を馬鹿にするもんもおった。ところが不思議なことに海は凪《な》いできた。なあに、夕凪にはまっただけじゃったがな。

そのうち、だんだん陽も落ちて、あたりも薄暗がりになってしもた。岸で見ているもんには、歌を乗せた彦次の船は漂う影のようじゃったと。しばらく漕いで進んでいたが、この日はこれまでじゃと、もうあきらめて岸に向かってもどりかけたときじゃ。伝馬船に寄り添うように、なんか黒いもんがふっと浮かび上がった。うつぶせになった黒いおかっぱ頭がくらげのようにふわふわしている。彦次郎が竿に掛けて引き上げた。

着物もぬげて裸だ。顔は倍にもふくれあがり、左の足は足首から先がちぎれておった。それでも歌はわが子であることが分かったのや。水ぶくれした頬に自分の頬を寄せ、おお、つめたかったやろ、さびしかったやろ。おかちゃんを堪忍しておくれと泣きしゃべりした。強く抱きしめれば、歌のぬくみで娘が生きかえるとでもおもうように、歌はときを忘れて娘を抱きしめておった」

婆も品もしばらく黙って、手元に眼を落とした。

「それがあってからのち、彦次郎は歌に深く頼られるようになったのや」

品はやっととわが身に返って婆に頭を下げた。湯のみにやかんの湯を注いで婆にすすめ、そのあと品も飲んだ。

外でざわざわと木の枝のこすれる音がする。風が出てきたようだ。夕凪の前のざわめきだろう。品は、暗くなるまでには帰って子どもらの夕食を作らねばならないと、少し気がせいてきた。

「それから彦次郎と歌は、ひとつ屋根の下で暮らすようになったんだわ。親子のようじゃった。ふたりながら、めっぽう信心深かったでな、村の評判は悪うはなかった。彦次郎は遭難した水主《かこ》らの位牌をこしらえて、毎日お念仏を欠かさなんだというぞ。寺参りもな」

婆がよっこらしょと立って、土間続きの厠《かわや》へ行った。便所の臭気が流れてくる。

入り口に人の足音がして女のがらがら声が婆を呼んでいる。

「婆、うちのひとの網にかかった鰯や、ひと塩しておいたからな、大根も一本ある。いまごろの大根はからいから、頭から食べれや」

婆が便所から「あいよー」と返事をしている。

品は、ここに、こうして座ったかもしれない歌の姿を想い描いた。父にふる里と家族を捨てさせた女であるかも知れない歌に、怒りも恨みも湧いてこなかった。だが、ひとつだけぜひ聞いておきたいことが残っている。

婆がもとの場所へよっこらしょと戻って、もとの姿で座ってから、またじっと品の顔を見ている。やがて品の心を見透かしたように巾着の口を開いた。

「婆婆のことはなにが起こるか、だあれもわからん。おとことおなごの間にもなにが起こるか、だあれもわからん。おなごとおとこになにが起こっても、驚くことはなんもない。あたりまえのことじゃで」

「歌さんは、いまどこにいるんだべ。生きているんだべか」

「それやとこと、彦次の最期を看取ったあとにな、歌は鬼鹿を離れてしもた。昔の朋輩を頼って増毛に行ったとか聞いたが。元の仕事にもどらないいがと噂しておった。したら再婚したと聞いたからもう安心じゃろといったことよ。生きていても、いまではいい歳じゃろうがの」

土間にぬいであった草履に足を入れながら婆にたずねた。

「お鹿婆さんは、どこのお国で生まれなさったんですか。はじめはこの鬼鹿の生まれかとおもいましたが、話を聞いていると加賀か越前の訛りがあるように聞こえましたが」

「さあな、よったりもの男に添うたで、男の訛りかいなあ。覚えがないほど大昔のことじゃで。あっちこっちうろついて、北の村に流れついた枯れ果てた流木や。人の情けも刃の傷もなにもかも染みついて、お迎えが、ほれ、そこまで来てくれてるべさ」

肩越しに婆の指さした先を品はおもわず振りかえった。首筋のうしろが冷やりとした。

「長いこと、聞かせてもらいましたのに、手みやげのひとつもなくて」

土間に下りてから、ふところの紙にわずかの金子を包んで畳の上に置いた。

「あれっ、なにをおくれるのや、香典だべか、わしももうじきだもな。じゃまになるもんでもなし、もろとこうかの」

お鹿婆に別れを告げて外に出ると、日は暮れかけている。品は時刻もわからず、夢中にバスの発車場に駆けていき、運よく留萌行きに乗ることができたのだった。

バスの中で小一時間ほどの間も、品の気持ちは沈んでいた。かかも子もおらんといった父の言葉が胸にこたえていた。

家にもどると、三人の子が玄関の開く音で茶の間からとんできた。

「腹へったー」と康隆。

「ご飯炊いてるからね」

一枚が気をきかせてくれた。女学校の制服のまま腕まくりして品を迎える。肩にかかったセーラー服の襟や、裾で波打つスカートの白線に、品は新鮮な喜びを感ずる。

着ていたよそゆきのセルの着物の上に手早く白い割烹着の袖を通して、後ろ手に紐を結んだ。着物は母のキクが着ていたものだ。母の形見分けの着物のほとんどを品が貰い受けた。北海道に来るときほんとうに好きなものだけ、行李の奥に入れてきた。時勢はもうなにやら落ちつかなくて、着物姿でいることも少なくなっていた。この七月に藤吉が、

「国民徴用令が敷かれたから、俺らの船もこれからは軍需物資を輸送することになるだろうな」

といっていた。それだけ身の危険も多くなるのだろう。これもまた品の不安をあおるものだ。血のつながりも、人のつながりも、情も、容赦なく切り離してしまう危険が、国の手によって用意されているかもしれないのだ。

着物を汚さないように気を配りながら、夕食の食卓を整え、やっと一息つくと、普段着に着替える。

「母さん、どこへ行ってたの」

一枝が聞き、留美も膝によってくる。

「うん、ちょっと、お寺さんに用があってね」

遅い食卓を囲んでいると、長男の長太が戻ってきた。

「あれ、長太、今日は仕事が明けの日だったの」

一枝がすぐ兄の茶碗と箸を戸棚から出している。

「飯はいい、またでかけるから」

長太は手で一枝を制して立ったまま食卓をのぞいている。折り目のついた灰色のズボンに軽そうなこげ茶の上着。友だちが多くてお洒落である。カトリックの坂の下で開店したばかりの喫茶店によく行くらしい。硝子棚の中には、饅頭なんかより見栄えのする洋菓子が並べてあった。見たこともないケーキをみやげにさげて帰る日もある。ドロップやチョコレートも、一枝は美しい箱まで欲しがっていた。花柄のコーヒーカップを五客、木箱から取り出してちゃぶ台に並べたときにも、歓声が上がった。

「こうしていれるのだ、いいか」

慣れた手つきで紅茶をいれ、角砂糖をつまんで入れていた。長太はまた出て行った。

つぎの日、藤吉と辰次が船から上がってきた。十日ほどの航海だった。青森のりんごと酒田の新米がみやげだった。

辰次は、学校の成績は兄ほどではなかったが心根が優しかった。顔立ちも藤吉によく似ている。地味なところも蕎麦好きなところも父親似だ。体は痩せぎすだが、堅い筋肉におおわれた足腰は丈夫で、なにより我慢強い。

品は鬼鹿に行ったことを藤吉に話した。かかも子もおらんといった彦次郎のことは、話せなかった。

「彦次郎さんが逝った明治三十七年といえば、俺は十一、二歳になったとこかな。覚えもないが、遭難したとは聞いたような記憶があるがなあ」

藤吉は知っていたのだ。

「品を嫁にするとき、大伯父が、彦次郎さんのことを気にしておった。遭難は災害ともいえるが、水主の多くを失っておきながら、なにも語らず、郷里にももどらなかった船頭の彦次郎さんの態度を非難しておった。が、まわりの者のとりなしで無事まとまったのを覚えている」

知らないのは自分だけだった、と品はおもった。

「いまでこそ留萌に支庁があって、港も増毛や鬼鹿よりは栄えているが、江戸時代から昭和のはじめ頃までは、留萌は鬼鹿や増毛に、はるかに遅れをとっていたんだ」

藤吉がやっと重たい口を開いた。

「あの頃、鬼鹿や増毛は鰊の取れ高も多かったから活気もあっただろう。彦次郎さんが鬼鹿に住んだのも、ごく自然のことだったとおもう」

「おとさんは村の磯前神社に絵馬を四枚奉納してあったでしょ。いっしょに北前船に乗っていた久吉さんに、聞いたことがあるんです。おとさんの乗っていた小新造という船は右近さんが持った最初の船だと。船頭をしたのは船主の右近さん自身やったけど、二度目からは、彦次郎さんよ頼むと、船頭を任してくれたそうです。五〇〇石というから、頃合の大きさだと久吉さんはいうてました。それでおとさんは、初めて絵馬を奉納して安全を祈願したんやって。それが確か、明治十二年でしたよ」

「彦次郎さんは、新造船ができると必ず乗りこんでいる。そしてその都度絵馬を奉納している。弁天小新造、明徳丸、永寿丸。船頭としての腕は買われていたとおもう。しかし、どんなに経験をつんだ船乗りでも運がわるければ、時化にもあい、暗礁にも乗り上げることがあるんだ。俺だっていつそうなるか分からない。時代は進んで船は安全になったというものの、相手は海だからな」

藤吉はあぐらをかいていた足を組みかえた。黙って煙管《キセル》に刻みタバコをつめ、一服深く吸い、遠いかなたを眺める眼をする。

彦次郎は、遭難したあとなぜ、村に帰ってこなかったのか。男の胸のうちは男がよく分かるかと藤吉に水を向けても、藤吉は多くを語らない。

「おなごの歌という名前からすると、百姓や漁師の娘にない名前だな、武家か町人かの出ではないかな。事情があったんだろうよ」

「おとさんが村へ帰らなんだのは、歌さんといっしょにいたからだろうかね」

藤吉はなにもいわない。歌に会って話を聞きたいと品は強くおもった。


藤吉と辰次の乗った日の出丸が、国後《くなしり》で獲った鱒《マス》や、カムチャッカの鮭《サケ》などを買いこんで、船主の指示通り港へ下ろせば、十一月末になる。この頃になると海が時化る日が多いので、もう長い航海はできない。その前に増毛へいこう。どうしても歌に会いたかった。簡単に歌を探しだせるともおもわない。増毛に行くために、品は日めくりを繰った。

久しぶりに汽車に乗る。増毛は留萌本線の終着駅だ。わずかに開いた窓の隙間から、嗅ぎ慣れたススの臭いが流れこむ。北海道までの長い汽車の旅の間、いやというほど嗅いだススの臭いが、いまはなつかしい。長太の制服に染みついた臭いでもある。

だだっ広い荒地の所々に、トタン屋根の低い家が見え、活動写真のように後ろに走り去る。道ぞいに高さのそろった低い樹木が一塊になっていた。小粒の実が生《な》っている。ここは林檎の栽培をはじめていたのだ。

増毛の駅を出ていくらも歩かないうちに、大きな二階建ての堂々とした家屋が眼の前に立ちはだかっている。畳一枚もあろうかという紺の暖簾《のれん》が軒下で何枚も風にはためいていた。白抜きの丸の中に太い白の一文字。噂に聞く本多家だ。立ち止まって屋根のてっぺんから敷石の色まで眺めた。軒の瓦一枚一枚に暖簾と同じ屋号が彫りこまれてある。敷石は越前の笏谷石ではないかとおもって近づいてよく見たがそうではなかった。

これというあてもないまま、波の音のする方へ下ると、そこはもう波頭ざわめく海だった。海にそって少しまわると道はだんだんゆるい登り坂になる。高台に出た。木立の間から木造の校舎が見えて、子どもらのざわめきが漏れてくる。

道を挟んで反対側にも、民家ではない建物がある。石段を登って入り口まで近づいてみると増毛町役場だった。ここで歌の消息が分かるかも知れないと気づいて、品は気を強くもって入っていった。

明治三十七年以降に鬼鹿から転入したとおもわれる工藤歌を探していると告げると、痩せて首の長い事務官は、うさんくさい奴だといわんばかりの眼で品を一瞥《べつ》する。肥った若い女の事務官と二人で顔を寄せてなにごとかささやいている。男が品の前に立った。

「役場では、召集令状や徴用令状のための事務で多忙を極めておる。いま、わが国がどのような時勢に立ち至っているか、知っているのだろうな。着物を着てじゃらじゃら歩いている場合ではなかろう」

品は着物の裾を押さえてひと足退いた。

「十一月からは、米の七分つき以上も禁止になるくらいの非常時だ。分かっているのか」

品はただ、驚いた。

「不審な者をたずね歩いていると、スパイと間違えられるぞ」

男の剣幕にたじろいで品は後退《あとずさ》った。仕方なく背を向けて出口に向かった。

「これ」

呼び止める声に品は振り向いた。

奥の壁にかかった国旗と陛下の額のすぐ下に、こっちを向いて座っていた男が近寄ってきた。口髭を生やして黒ぶちの眼鏡をかけたいかめしい顔だ。背広の前を開け、ボタンのついたチョッキの胸をそらせて、品の前に来て咳払いをひとつした。

「お前さんは工藤歌とどういう関係だ」

口髭は腰に手を置いて小柄な品を見下していう。

「はい、鬼鹿で亡くなったわたしの父親の最期を看取ってくれたお人です」

口髭は、太い体をぶらりゆすって机のそばまで行き、火のついたタバコを咥《くわ》えて戻ってきた。煙をすっと天井に吐いていった。

「歌は死んだよ」

品は少しよろめき、すぐ立ち直った。

「なにか事情があるようだが。どこから来た」

男は顔に似合わず声が優しい。

「ああ留萌からな」

よく見ると眼鏡の奥の眼も人懐っこい。話し好きのようだ。

「立ったままでは話ができない。ま、かけなさい」

品は気落ちしたまま、口髭が勧めた木の椅子にかけた。丸いテーブルを挟んで口髭も腰を下ろした。

さっきの痩せた男が、黒表紙の厚い帳面を開いたまま口髭に見せてからテーブルの上に置いていった。口髭は左手を眼鏡の縁に掛けて少し動かし、開いたページに顔を近づけて読んでいる。品は彼の眼の大げさな動きをいっしょに追っていた。

帳面を開いたままテーブルに伏せると、口髭はやおら顔を上げ、一人で大きくうなずいた。

「歌は増毛でもちょっくら目立ったおなごだった。増毛へ来たのが明治三十八年の三月だ」

ああ、彦次郎が亡くなってほんの四ヶ月あとだと、品は繰っている。

「歌が亡くなったのが、えーと……」

口髭は伏せた黒表紙の書類を再び眼鏡で確かめて、

「去年、昭和十三年十月十一日。六十二歳だ。お前さんがもう一年早くたずねていたら、歌に会えたかも分からない。惜しいことだったな」

品は言葉もなかった。

「歌は、村では人気があってな、美しいおなごは得だな、ハハハハ」

笑うと、眼が細くなり眉毛が毛虫のように動いた。

「器量ばっかりでもなかったな。歌は、神も仏も大切におもって、お参りを欠かさないおなごだったから」

「歌さんは増毛では、どんな様子で暮らしていたのでしょうか」

「うんだな、歌は、世話する人があって、円光寺という寺に身を寄せた。なに、尼になったわけではないぞ。歌は、本多家が檀家総代をつとめる大寺でな、ご新造さんが病身だったもので住みこみの女中に雇われた。ただくるくる働くおなごならいくらでもおるが、礼儀作法をわきまえて、客の応対もできて、ご新造さんの話し相手もできる人となるとな、そう多くはおるまい。歌がお眼鏡にかなったということだ。大方鬼鹿の寺の者が円光寺の住職に勧めたんじゃろ」

品はほっとした。

「ところがじゃ、本多家の番頭が、歌をぜひ後添いにもらいたいといいだしたんじゃ。番頭には八歳ばかりの男の子がおった。なにしろ大檀家の番頭だから、寺の方でも断り切れず、歌が嫌でないならということになって、歌はその男といっしょになった」

再婚してからも、歌は寺の仕事を手伝いながら新しい夫と義理の息子と平穏な暮しをしていた。おもいがけず歌にも女の子が授かった。純粋の一字、純という名でな、歌によく似た器量よしで頭もよかった。純は実科女学校を出してもらい、望まれて増毛の造り酒屋で働く者といっしょになった。

口髭は戸籍簿をちらちら覗きながら教えてくれた。品が、記憶に留めたのは純の生まれた年である。繰っていくと純は二十八、九になる。

「増毛は宝永三年、そう、ざっと二百年以上も前から、松前藩の役所があったところなんだ。それに純の亭主の働いている造り酒屋は、わが国の北限の醸造地だぞ。北前船で運ばれた酒が、ここでも酒を造ろうという気概をもたせて、その期待に応えたのが本多泰蔵だ。泰蔵は佐渡の男でな、増毛に眼をつけて移り住んで商いをはじめた。呉服が本業だが、雑貨、海運、鰊漁。そして、佐渡の親戚に酒屋がいたことから、醸造をおもい立った。まあ、偉い男だ。醸造の方は合名会社になって独立したがな。純の亭主はそこで働いている。ぐるっとみんな本多の傘下ということだ」

「歌の義理の息子は、眼の不自由な本多家の息子について行って、いまは東京に住んでいる。なにしろ日本語の点字ができたのが明治二十二年というから、おそらく独学に近い大変な苦労だったろう。義理の息子は幼い頃から本多家の息子と共に育っていたから、それこそ眼ともなって助けたのだろう。増毛には戻っていない。歌の連れ合いが亡くなり、歌も昨年逝って、純は夫と子どもと増毛で暮らしている」

品は感謝した。

「すんません、歌さんの生んだ娘の純さんに、わたしを会わしてもらえませんか」

口髭は少し考えている。彼は遠い親戚筋にでもあたるのかとおもい、品は彼の快答を予感した。

「ふうん、あんまり期待はできないだろうがね。したら純の家に行ってみるか。純の旦那も物の分かった人だが、内緒にしておけと伝えてくれ。役場の眼鏡をかけた髭の男に聞いてきたというがいい」

品は何度も礼をいい、口髭の男に深々とお辞儀をした。

外は風が強く大島紬の長着の裾がぱたぱたするのを右手で抑えて歩いていく。坂をぐるりと下ると、石段の上に鳥居がある。木立がざわざわ音をたてているものの、中はひっそりと風も当たらないようだ。品は急に空腹を覚えた。下げてきた手提袋にそっと手をあててみた。家を出るときこしらえた握り飯はすっかり冷えている。それをふところに移した。本殿の見えるところまで石段を登った。狭い草むらの中に小さな社がある。雨風にさらされた屋根瓦も、閉まっている木の扉も、両側の獅子も古そうである。もしやとおもって品が眼を移すと、五、六尺はあろうとおもわれる大きな石の灯籠が木立の中に幾つも立っている。台が割れて倒れているものもある。荒れた茂みの間のすすけた灰色が歳月を経てこの地になじんでいる。品は手提袋を投げだして灯籠のひとつに駆け寄った。

指の腹で灯籠の泥をこすり落とした。指の先に凹凸の感触が伝わってくる。顔を近づけた。文字がある。品は一字ずつを、眼を大きく開いてとらえ、指の腹で字を確かめながら、声にだして読み取った。

越前国南條郡河野村　中村吉右衛門
明治三十九年九月吉祥日
越中国東岩瀬町　織田　甚吉
明治三十九年九月吉祥日

左の二基の文字ははっきり読めた。村の者が確かにここにいたのだ。中村家は品の家から、声をかければ聞こえる程の近さにあった。中村きっちょもんさんと呼ばれ、村で右近家に次ぐ船主だった。この灯籠を寄進したときは船主で、船頭でもあったのだろうか。彦次郎は請負船頭である。

品は右側に立っている灯籠にもにじり寄った。

天塩国増毛町　　　　　　吉野　留次
越前国南條郡河野村　　　青木甚右衛門
越前国南條郡河野村　　　垣下栄次郎

あっ、垣下彦次郎ではないが、栄次郎はすでに絶えているものの垣下の分家筋だ。分家の当主が灯籠を寄贈しているのに、本家の彦次郎が奉納していないはずがないと品は自信を深めた。三基とも年代は同じ、明治三十九年九月だ。彦次郎が亡くなって二年あとになる。彦次郎の奉納した灯籠は、鬼鹿の古い厳島神社に確かにあったに違いない。

品はこの神社の草むらで、ふる里の隣人らに取り巻かれた気分で握り飯を広げた。お茶を入れてきた康隆の水筒に口をつけて飲んだ。栄次郎の灯籠に凭《もた》れて、姉のすてが送ってくれた梅干の種を、口の中で味がなくなるまでしゃぶっていた。

食べ終わって立ち上がると神社の由緒書が眼に入った。ところどころ消えかけた文字を追った。この神社も厳島神社とある。明治二十二年に安芸国厳島神社より御分霊を奉斎したともある。両手を合わせて丁寧に拝んだ。

神社から海を見下ろすように降りていくと、道は左右に分かれている。右に本多家の屋敷、酒蔵は左手の取っつきに見える。その坂をもっと下ると三軒並んだ真ん中にあるのが純の暮らす家だと教わってきた。

戸口で中の様子を窺った。波の音と風の音をくぐって若い女の声がする。子どもの笑い声も混じる。

「ごめんください」

すぐ明るい返事が返り、ガラス戸が内から勢いよく開いた。

ほっそりとしなやかな体に、黒い素直な髪が後ろで束ねられて桜色の耳たぶが見える。頬に手を置いて、首を傾げた。

しばらく黙って顔を見つめ合った。品は、娘の純から歌の姿を探ろうとしていた。

「突然おたずねしまして、わたしは留萌から来た者で、垣下彦次郎の娘ですが、歌さんのお子で純といわれる方だと聞いてきました」

純は、あっと驚いて身を引いたが、元の表情に戻って、小さく、

「はい確かに純です」

とつぶやいた。奥の子どもの様子を気づかうように覗きながら、

「あの、ちょっと」

といい部屋へもどった。すぐにウサギのポケットのある前掛けをした四つばかりの女の子の手を引いてきて、すみませんというように会釈した。

「役場にいきまして、歌さんは結婚し、幸せに暮らして、昨年亡くなったと聞きました。眼鏡をかけ口髭を生やしたお方が、お子の純さんが近くに住んでいるといわれたので、一度だけ会いたいとおもい、寄せてもらいました」

「ああ、助役の松田さんですね。世話好きな人ですから」

純は少しあきれたように苦笑した。

「わたしの父がいましたから、母は、彦次郎さんのことはあまり申しませんでした」

ざっくりした手編みの白いセーターの首をわずかに振って、ちょっと困った様子を見せた。

「歌さんが父の最期を看取ってくれたと鬼鹿で聞きまして、本当は、歌さんに会ってお礼をいいたいとおもって参ったのですが」

「母は父が亡くなってから、たまに彦次郎さんのことや、鬼鹿の海で失くした子どものことなど、おもいだし語りしておりましたが、それだけです」

穏やかな拒絶だった。だが、この人に聞くしか彦次郎の手がかりを知るすべはないのだとおもい、品は言葉に力をこめた。

「父の最期をいまさら聞こうとはおもいませんが、歌さんは、きっと、たち優ったお方だったろうと……」

純は眼を伏せて頭を振り、品の言葉をさえぎった。

「いいえ。でも、母は、晩年は幸せだったとおもいます」

純は下を向いて考えていたが、顔を上げて、いくらか息を弾ませていった。

「そうでした。母が彦次郎さんの遺品だとかいって持っていた物がありました。ここは玄関口ですから、狭いところですがおあがりください」

純は細い足をスカートからのぞかせて品を部屋の中に導いた。茶箪笥とちゃぶ台の間の座布団の上に一尺ほどの西洋人形が寝ていた。女の子が抱き上げると閉じていた人形の眼が、めくれるように黒眼になる。人形のお腹を押したら、「メー」とヤギのように泣いた。品と純が顔を見合わせて微笑んだ。純が立っていった間、品は女の子の人形遊びを見ていた。

ややあって、

「遺品というのはこれです。わたしも母から聞いたまま、中も見てないので」

純は渋紙の包みを抱えてきて、ちゃぶ台の上に置いた。

「母が六十を迎えたころから、感ずることがあったのか、身のまわりを整理しはじめたんです。この包みは母の柳行李の一番底にありました。わたしが母を見舞った折、この包みを渡してくれたのです。どうぞ、開いてみてください。これは、そちらにお渡しするのが一番いいですね」

品は目礼して包みを手にした。長めの弁当箱の包みほどで軽かった。細い麻縄でゆるく結わえてある。しばらく眺めてから品は静かに紐をといていった。彦次郎の遺骨が届いたとき、母がこんな手つきで、白い布をといていたことが眼に浮かんだ。

純の娘も人形を片手に抱き、片手をちゃぶ台について、母親にもたれかかるようにのぞきこんでいる。

包みを広げた。

履き古した大きな黒足袋と、煙草の脂の付いた煙管と、煙草入れが出てきた。品はまたしばらくそれらを一つ一つ眺めてから、足袋を手に取った。黒木綿の足袋の表は柔らかく、裏を返すと堅い白地の底には薄い汚れがついている。何度も水をくぐった普段履きだろう。こはぜを見た。十一文半と読める。

「体格のいい、大柄なお人だったのですね」

純の細い声に品がうなずいた。幼い頃、父のあぐらの中に抱かれたときのごつごつした感触がよみがえった。煙管にはまだ煙草の臭いが残っている。雁首の脂は固まり、吸い口も薄黒い。煙草入れは桜の木だった。緒の先に根付けの若狭めのうがついていた。手に取ってみる。朱色の玉が見方によっては桜色にも飴色にも変化して艶々している。煙草入れの蓋を開けて中をのぞいた。なにか入っている。煙草の代わりに、細かく折りたたんだ黄ばんだ和紙が押しこんである。純と品はおもわず顔を見合わせ、眼を近づけた。恐る恐る品が紙をつまみだした。渋紙の上に広げ、掌で撫《な》でてしわを伸ばした。墨の文字が見える。

明治三拾三年六月、右近権左衛門家　安久丸、船頭、知工、水主、拾五名、留萌湊、ニシン粕千七百石、胴ニシン百石、秋田湊、白米四拾俵、〆二万五千円也、留萌カラ大坂ニ向航海中、雄冬岬沖ニテ座礁……名水死……帰らず……

彦次郎の筆跡なのだろうか。遭難したのは、安久丸、船頭が彦次郎ということなのだろうか。遭難ののち、船主に送ろうとして書き残したものか、船荷を買い付ける折の覚えなのか。分からない。読めない文字もある。煙草入れに収めたのは彦次郎だろうか。彦次郎の死後に歌が入れたのだろうか。

品と純は言葉なく見ていた。ややあって、

「母がこうもいっていました」

純は口にするかどうか迷ったのか、品の顔を見て少しためらっていた。

「帰ってこい、そして謝れば許してやると、船主にいわれたそうですけど、帰らなかったって。彦次郎さんは一刻《いっこく》なお人だからと」

彦次郎に妻や子がいたことを歌さんは知っていたのかと、口の先まで出掛かった問いを、品は飲みこんだ。

「そう、母が……」

純は、母の言葉をまさぐりあてたのか、独りごとのように呟いた。

「俺が真っ先に謝らねばならないのは、船主なんかではなかろうが。ふる里に、俺の生身をどうしてさらすことができようか」

品は文書を元の折り目のまたたんだ。煙草入れに収めようとしてのぞくと、底にまだ白いものがある。取り出して広げる。和紙に書きとめた句だ。長細い文字で、ちょうど五句ある。一句一句を品は眼で捉え、心の中で読んでいく。

忘れ雪貝採り藻採り老いゆくや
春の燈に女のうなじ白々と
幼子の声に惹かれつ磯へ出づ
この濱に命ながらへ秋暮るる

　霧流れ罪のごとくに暗き海

横で顔を寄せていた純に句を渡す。純も両手で受けて、黙って読む。それぞれの胸に静かにとどくものがある。

家の造りも、中の家具もつつましく調えて、穏やかに暮らす純、歌もこんな女であったろうか。

品は畳に両手をついて、心からの礼をし、純の家を辞したのであった。

渋紙の包みを入れた手提げを持って、品は増毛の駅にもどった。人もまばらなホームでずいぶん待って留萌行きの汽車に乗った。秋の日は暮れている。堅い木の椅子に体をあずけた。ぼーっと汽笛が鳴る。がたんと後ろに揺れて、前につんのめって汽車は動いた。あれっ、機関車で釜焚いているのは長太でないべか、品はひやりとした。

彦次郎は鬼鹿の地に骨を埋めた。

長太は国鉄に入って、新しいもん好きに拍車がかかる。迷わず船に乗った辰次は、海が自分の居場所だというようにわき見もしない。

おとさんが捨て去ったものは、ちゃんと生き続けている。幼いときの品にとって、鬼鹿は遠い異国だったが、いま、鬼鹿も増毛もすぐそばにある。

父が品を呼んでいるのか、海が父を呼んでいたのか。窓から暗い海を眺める。

波は海の皺《しわ》だべな。漁火は海の眼ん玉だ。岩は海の骨だべか。品は呟いている。

海は誘いこむようにたゆたうかとおもえば、突然狂いだして冷酷に弾き飛ばす。青い底はいつでも、人も船も、どんな想いをも飲みこんで、そ知らぬ振りをしている。人生とおんなじだもな、と品はつぶやく。

遠くに浮かぶあれは、雲だべか、おとさんだべか、歌か、それともおかさんか。誰でもない幻が見えるのだべか。

品は海と空のとけ合う深い闇を見つめていた。

骨

粉雪が舞っている。しばれる朝だ。汲み置きした氷まじりの水をやかんに入れ、焚きつけたばかりのストーブの上にのせた。赤くかじかんだ手に息を吹きかける。

湯で水道管をあたためていると、やっと蛇口から細い舌を出すように水が流れはじめた。ネルの寝間着の上に綿入れをひっかけた留美が、もう起きだして茶の間の窓辺にひじをつき、ガラスに凍りついた模様に見入っている。

戦争が始まってから二年経ったが、暖房用の石炭が手に入りにくくなった。品はやりくりして家族のそれぞれに綿入れを用意した。

「万華鏡の中とそっくり」

留美が人差し指で、ガラスの模様をなぞっている。品も留美の肩越しにガラスの模様を眺めていた。透明な薄いセロハン紙を重ねたような部分と、雪を塗りこめたような白い部分とが交錯して、偶然が織り成す氷のモザイク模様だ。どのガラスにもひとつとして同じ模様はない。

ストーブがやっと勢いよく燃えだして、部屋が徐々にあたたまってきた。模様は涙ぐむように細い線から崩れていく。根雪はすでに窓近くまで積もっている。

「わたしらが寝てる間に、どうして、こんなにきれいな模様ができるんだろ、神様の手だね。すごいなあ」

留美は、とけていく模様に眼をこらしたまま窓辺を動かない。

留美が国民学校に入ると、坂の上にあるカトリック教会の日曜学校に姉の一枝といっしょに通いだした。神様の手などということばもその影響かもしれないと、品は留美のひとりごとをきいていた。二学期の終業式の朝だ。

食事をすませると、姉のお古のえび茶色のマントをはおり留美が玄関で長靴をはいている。

「辰次兄さんに、ピアノ買ってもらえるかな」

留美がわずかに首を傾けた。

半月ほど前に、航海からもどった次男の辰次が、末の妹の留美にストーブのそばで約束しているのを品は聞いていた。その日も留美は自分で作った不細工な画用紙の鍵盤をちゃぶ台の上にひろげてピアノを弾くまねをしていた。

「二学期も通信簿が全優だったら、留美に卓上ピアノを買ってやるよ」

「ほんと？　ううん、全優かあ……」

あおむいて辰次を見つめた留美の瞳が不安そうに瞬いた。

「なんだ、自信がないのか」

「そんなことないよ」

あごのとがった面長な辰次の顔立ちは留美の丸顔とはちょっと見には似ていないが、眉毛の濃いところや眼の大きいところはよく似ている。留美が生まれたとき、留萌で一番美しい女の子になって欲しいと父親の藤吉がつけた名前だったが、そうはとてもいいがたいと、家族の一致した見解だった。だが、

「まだわからんぞ。美しいものは見かけではないんだからな。奥深くに隠れているものなんだ」

と弁護するのが辰次だった。

「通知表はどうだべ」

いつもはのんびり者の留美がおちつかない。

「留美なら心配ないべさ。いっつも全優でないの。けさも道路はしばれているよ、考えごとしてないで、気つけて歩きなさい」

品が笑って応じた。

留美の教室にオルガンが一台あって、それをいたずら半分に弾いていたら、いつのまにか上

達して、受け持ちの上原先生にほめられたと喜んで帰ってきた。それ以来、画用紙に手書きの鍵盤をこしらえて机の上に広げて、ピアノを弾くまねをしはじめた。いまではそれがますます過熱している。

「ミソラソミソドド　ララソミドレミ」

紙の鍵盤の上で指を動かして自分で歌って音を出すのだった。

昭和十八年の冬、兄の長太はすでに三年前に徴兵検査で甲種合格となり満州に送られている。辰次の方はまだ徴兵検査前だったので藤吉といっしょに発動機船に乗って、近くの港を航海していた。

留美は手提袋の中に風呂敷を押しこんで、マントの襟を立て、丸太をつないだような雪道を登校していった。ずっと全優を通してきた留美としては、内心自信がないでもなかったろうが、いいことはそう長くは続かないという漠然とした心配も生じていたのである。どれかの教科にひとつぐらい〈良〉がつくかもしれない、そんな気が品もしていた。

昼近く、留美は学校から帰ってきたが、「ただいま」もいわずに黙って長靴をぬぎ、手提袋から通信簿を出して品の前に置いた。留美の様子から、結果は見なくても分かったが、品は通知表を手に取って広げて見た。図画工作のところに「良上」がひとつある。

「惜しいことだね。ピアノは三学期までお預けだ」

品が冗談ぽくいった。

「うん」留美が素直にこっくりした。

日が暮れてから、辰次が大きな箱をさげて帰ってきた。

「開けてみればいいよ」

茶の間のストーブに背中を向けて、『家なき子』を読んでいた留美の前に、辰次が箱を置いて笑いかけた。一目で卓上ピアノと分かった。留美はちらっと顔を上げたがすぐうつむいてしまった。

「辰次兄さん、わたし、全優でなかったの。だからピアノもらえないよ」

留美がうつむいたまま、小さな声でいっていさぎよく箱からとおざかった。泣きそうな顔からついに涙がこぼれた。

「いいんだよ、もう買ってきたんだから」

なかなか手をださない留美に代わって辰次が包みを開いた。こげ茶色のグランドピアノの形をした函状のものが見える。手前に大きなたくさんの白い歯が並んだように鍵盤がついている。三本の足がべつべつに薄い柔らかな紙に包まれて入っていた。辰次はそれらを箱から出した。木の足を一本ずつ慎重な手つきでピアノの裏の穴にねじこんでいく。

三人の膝の真ん中に卓上グランドピアノが姿をあらわした。しょげていた留美の眼が喜びで大きくなった。

「鍵盤がすっごく多いよお。両手で弾けるくらい。ほらね」

留美が恐る恐る鍵盤の上に両手を置いてみる。両手の端にはまだ白鍵がのこっていた。

「よーちゃんのより二オクターブも多いよ」

留美がうわずった声をあげた。開発事務所の局長の娘がもっているそれを、留美はときどき見たり触ったりしているのだ。涙はすっかり乾いていた。

先に戻っていた藤吉も、帰ったばかりの康隆も一枝もピアノのまわりに集まってきた。留美はみんなが見つめる中で、頬を上気させてピアノの前に膝を揃えて座り直した。

「なんか、弾けるのか」

めずらしく藤吉がきいた。

「うん。弾けるよ」

「だったら弾いてみろ」

康隆がせかした。

「うん」

留美の肩先が興奮のあまりぶるっとふるえた。胸の前で両手の指先をあたためるように片手ずつ握りこみ、それから指を開いたり閉じたりした。鍵盤をじっと見て、慎重に中央のドの位置を確かめてから、（卵を優しく握った型《かたち》でね）上原先生の言葉を口の中でつぶやいている。おもいきったようにまっさらな鍵盤をかるくたたいた。キーンとした音が鳴った。

「ほう！」家族の息のような声が茶の間に流れた。

ひのまる、みなと、おうまのおやこ、春の小川、……弾ける限りの曲を留美は丁寧に弾いた。五本の指を使って同じメロディを一オクターブ違えて両手で弾くと、音の重なりがあって、手つきも上手に見える。家族の拍手をさそった。

「いままでに、わたしがいちばん欲しいものだったんだ。ありがとう辰次兄さん」

涙ぐんだ留美に、てれくさそうな辰次が作業着をぬぎながらうなずきかえしている。

道の端に、まだらに雪がとけのこっている十九年の春、徴兵検査が終わった辰次に召集令状が来た。入営まで余裕もなかった。赤い糸の玉を縫いこんだ千人針をこしらえ、折目に何枚かの紙幣をかくし入れて、品は辰次の腹に巻きつけたとき、息子の顔をしみじみとながめた。人を踏みこえてでも生き延びてほしいと、優しく控え目で損ばかりしている子だからこそ、いいきかせたかったが、品はさすがに口にはできなかった。

もの静かな辰次には、出征兵士を送る人々の万歳も軍歌も、日の丸の旗の波もおよそ似つかわしくはなかったが、労働で鍛えられた厚い軍服の胸をはって敬礼をしたときの真剣な顔は、だれにも劣らない立派な兵隊の姿だった。

兄の長太は憲兵になってから一度休暇をもらって満州から帰省していた。そのとき、めずらしいキャンディやビスケットをみやげに持ってきた。白い手袋をつけて手綱を握って馬にまたがり、長いサーベルを下げた軍服姿の写真の長太は隆としていた。さっそく写真屋で引き伸ばして額に入れて玄関の壁に掲げてある。長太の出征当時はいまほど戦況にも切迫感がなかったが、辰次の場合は、激戦地の最前線に送られるにちがいないのだ。そのうえ、辰次は高射砲隊に所属するらしい。どんなに敵の爆撃をうけても、大砲を置いて逃げることも隠れることもできはしないだろう。

秋には、藤吉までが軍属となった。小さな民間の船が軍の衣類や食料の輸送にあたるのである。

藤吉は二日ほどの休暇をもらっていた。もう時勢はなるようにしかならないとあきらめぎみに戦況をながめているようだ。茶の間の壁にもたれて雑誌を読んでいる。

品はごしょ芋の皮をむいていた。このあたりではじゃが芋のことをごしょ芋という。膝先の桶の中は皮をむいた芋でいっぱいになっている。

「雑誌も、もう処分しないとだめだな」

藤吉がだしぬけにいった。

「『中央公論』も『改造』も、編集者が検挙されたらしい」

皮をむいていた品の手がとまった。この雑誌をもっている藤吉は大丈夫なのか……検挙という言葉に品はおびえた。

「七月には両方の出版社とも解散させられたというが、ほんとうらしい。確かに本屋にはもう雑誌は出ていないわ。事実だろうと浜田書店のおやじさんがいっていた」

藤吉がひとりごとのようにつぶやいた。

皮をむいた芋は煮るわけではなくて、卸し金ですりおろして澱粉をとる。近くに借りている畑で、腹の足しになる芋やかぼちゃを作っていた。幸いまだ去年の芋がのこっていた。品は長い時間をかけてねじ伏せるように芋をすりおろした。桶を抱えて台所へ行った。おろした芋をあめ色の甕に移しかえて、たっぷりの水を加え、腕まくりして甕の中をやみくもにかきまわす。液体は薄茶色に濁っている。水も沈殿した澱粉も白くなるまで何度でも水をかえる。

藤吉は読んでいた雑誌を閉じると、ストーブの炊き口を開けて放りこんだ。紙の束は石炭より軽々と炎を呼びこみ、品の眼の前で瞬く間に燃え尽きた。藤吉はじっと炊き口をにらみながら次々に雑誌を放りこんでいく。

「父さん、今夜はそれくらいにして。いっぺんには無理だべさ」

のぞきこんでいた品が炎に顔をほてらせていった。

黒い虫の抜け殻のような燃えカスがいくつもロストルの上をおおっている。口をつぐんだまま、藤吉は、だまって炊口をとじた。

藤吉が北前船に乗っていたころ、凪待ちをする時間に、男たちはいろいろな楽しみを求めていたらしい。品は船頭や水夫の酒に酔った自慢話や戯言として耳にはさんでいた。

海がおだやかで順調に航海しているときは博打が専《もっぱ》らであった。知工をしていた藤吉が、博打で負けた水夫から、給金の前借を泣きつかれて、つごうをつけてやった。そのときの証文が旧い船箪笥に残っていたのを、品は見たことがある。

船が湊に停泊しているときは、酒か女である。酒はやるが、人つき合いの悪い藤吉は女より書物だった。

大阪で書物を買い込むことが多かった。航海の間に読んだ書物はのちの人のために船主の蔵に保管された。

まじめな船乗りが集まると、船室が動く寺子屋か図書館さながらに、若い水夫が読み書きを学んだ。中には俳句をつくる者もいた。能や謡の本も好まれていた。

北前船が完全に衰退し、藤吉が発動機船に乗りかえて、やがて所帯をもつようになってからは、書物を買う金は、家族の食べ物や衣類にまわることになってしまったのだ。

ストーブの火力は徐々に衰えていく。

子どもたちが部屋に入り寝しずまるのを品は待っていた。藤吉がデレッキでロストルの上をかきまわした。つまっていた燃えがらが落ちて、火力はいっとき、さいごの炎を燃えたたせた。そろそろ寝る時間だ。

「父さん、軍の物資というものは勝手にはできないだろうけどさ、軍の物でなかったら、少しくらいは父さんの采配で自由にできるもんもあるんでないの」

品は藤吉にやや声をひそめる感じで話しかけた。頼むのはこれが二度目になる。

「勝手にそんなことはできない。もし知れたら大変なことになる。物資をごまかすことになるんだぞ」

「ごまかせといってるんでないしょ。このご時勢だから、一つや二つ分けてもらえんものかと頼んでいるんでないの」

「横流しか、それをごまかすっていうんだ。俺ができるんならとっくにしているさ」

「ほかの人はみんなやってるんでないの」

世渡りのへたな一刻者で、融通のきかない藤吉が品にははがゆい。

「昔から俺はそういうことのできない男だ。人間の性根がそう簡単に、つごうよく変わるものでもないわ」

「父さん、横流しっていえば聞こえが悪いけどさ、なにも、その物資で商売を企んでるわけではないんだから」

藤吉は書物から顔もあげない。

「子どものためでしょ」

「もう少しの辛抱や、日本はもうこたえられまいよ。いずれけりがつくだろう」

「けりがつくって、どうなるんだべ」

「大本営の発表は、ここだけの話、疑ってかからねばなるまい」

「そんなら戦争は、日本が危ないっていうことかい」

「ばか、大日本帝国の軍隊がそんなこと、あるはずがないだろう」

あわてて軍隊の肩をもつ藤吉からは、それ以上はかばかしい返事は得られない。


家のガラスというガラスに細く切った紙をはって割れたときの散乱に備えていた。男たちがではらったいま、隣組の防火訓練には品が参加した。竹槍やバケツリレーの練習、火叩きづくりなど、防火班長に教わった。

戦局は日を追うごとに、誰の目にも、厳しいものであることは明らかだった。昭和十九年七月、サイパン島は玉砕した。年が明けた三月には、硫黄島の日本軍が全滅したと大本営が報じた。品は、どこの戦場に送られたのか知れない長太と辰次が、どうかサイパン島や硫黄島でないようにと願った。

二十年四月に米軍が沖縄に上陸したときくと、こんどは、ふたりが沖縄でないことを密かに祈らずにはいられなかった。

六月になると、留萌の大通りはアカシアの白い花と香りに包まれ、野っ原ではすずらんの花が咲いた。凍てついていた白い大地が、いつの間にか黒々とした重厚な土の力をためこんだ沃《よく》壌《じょう》に変わっている。品のいちばん好きな季節がめぐってきたのに、自然のうつろいに眼を止めて親しむ余裕はもうなかった。

物資の不足は食べるものだけにとどまらず、ゴムの長靴もシャツもオーバーも手に入らない。逆に、鉄びんや火箸、五徳までも国に供出した。

毎日芋がごろごろ入ったご飯に、かぼちゃの煮つけという食事だ。みんな日常的に空腹を抱えていた。北海道の芋とかぼちゃはめっぽううまい。かぼちゃはほっこりして栗よりあまい。しかし毎日となると飽きるだけではなく、体がかぼちゃ色になる。掌をにぎってぱっと開くと手の指先から掌まで黄色くなっていた。手だけでなく白眼の部分も黄疸にかかったように黄色くなってくる。

「内地の大きな都市は、もうほとんど空襲で焼かれたようだ。福井の町もだめらしいぞ」

久々に帰宅した藤吉が告げた。近所には親戚をたよって本州から疎開してきた家族もあって、東京大阪など、都会の空襲のようすを聞くことがあった。

藤吉の帰宅に合わせてコーリャンの入ったご飯を炊いた。コーリャンは茶色くて小粒だが、堅くて口の中にいつまでも残った。

ひょうきんものの康隆だけが湿りがちな食卓を盛り上げようとして、よくしゃべる。

康隆は一週間から十日ほど、中学校から、小平《おびら》の農家に勤労奉仕に出されるようになっていた。小平地方は水田と酪農の村である。康隆たちは農家に割りあてられて家族といっしょに暮らし、兵隊に取られた男手にかわって農作業と酪農を手伝っていた。きのう、バターと白いカゼインと大きな握り飯をリュックサックにつめて、乳しぼりもできるようになったと意気揚々と帰ってきたところだ。米もわずかだが農家の好意でもらってきた。牛乳風呂に入ったとか、毎日、白いご飯を腹いっぱい食べているとか、授業より勤労奉仕の方がずっと気にいっている口ぶりだ。バターもカゼインも貴重品なのだ。夕食のかぼちゃの口あたりがしっとりしていたのは少量のバターのせいであった。男爵にもたっぷりバターをかけて腹いっぱい食べたので久しぶりの満腹なのだった。

一枝は春に女学校を卒業すると、すぐ北海道拓殖銀行に勤めることができた。卒業生は全員が軍需工場で働かなくてはならないのだが、二人の兄が戦地に赴いていることを考慮されて、一枝は銀行勤務になったと学校から説明を受けている。

灯火管制が厳重でひとすじの明かりも外に洩らしてはならなかった。電灯の光が届く範囲はごく限られている。質素な晩ご飯のあとのちゃぶ台の上は早々とかたづいて、電灯の真下で密談をするように五つの黒い頭がちゃぶ台を取り囲んでいる。こうして、食べるものが乏しくても、家族が顔を寄せ肩を触れあって暮らせる平安を品は味わっていたかった。本土空襲といっても、北海道はまだまだと安堵している気持ちもいくらかはあるが、藤吉だっていつなんどき海上で魚雷や爆撃にやられるかしれないのだ。

品は仏壇の前で夜のお勤めをはじめた。北海道に渡ってきて一段落した頃、郷里に置いてきた仏壇を取り寄せたものだ。越前ではごくあたり前の仏壇だが、北海道で見た人は誰でも、その大きさに眼を見はり、中をのぞいて仏具のまばゆさにおどろくのである。

お経を唱えている品の声が、安定したここちよいリズムで流れていた。しばらくすると、急にお経の声がとまり、泣き声にかわった。一枝がふすまを開けて部屋に入ってみると、品は仏壇の前に体を伏せてなにごとか口走っている。留美と一枝が両側から品を起こして顔をのぞきこんだ。

「どうしたの母さん、ぐあいが悪くなったの?」

品は支え起こされると仏壇の横に飾ってある写真を指さした。いつもそこには軍服姿の写真が二枚並べてたてかけてある。右の写真が「憲兵」と書かれた腕章をつけた長太で、左が照れたように口元を締めた二等兵の辰次である。みると左がわの辰次の写真が前に倒れて裏返っている。

「たったいま、辰次の写真が急にふらふらと動いて、ぱたっと前に倒れてしもたんや」

品がうつろな眼を裏返った写真に向けていった。一枝が倒れた写真を元のように立てなおした。

「辰次が死んだんや、辰次がいま、死んだのや」

品の眼はものにとりつかれたようだ。

「母さん、そんなこと気にすることでないっしょ。ちょっとした空気の動きとか、息のしかたで倒れただけなんだってば。写真ていったって薄い紙でないの」

藤吉に諭されて品はひとまず仏壇の前を離れたものの、真夜中に急に起き上がって苛立たしげに首をふり、うわごとのようにしゃべりだすのだ。

「いま、眼が開いたら、辰次が軍服を着てわたしの枕元に立っていたんや。さびしそうに肩をすぼめて、すっと二階に上っていったのや」

品は階段の下までいき、辰次の姿をさがすようにうろうろした。

「やっぱり辰次は死んだんや。わたしのところへしらせに来たんや。くそ真面目なやつやったから、逃げもせんと、てっぽの玉にあたってしもたんや」

品は両手で畳をなでながら、あたりを這《は》いずりまわった。みんな血の気の失せた沈痛な顔で品をとりかこんで無言であった。

昭和二十年七月十五日正午頃、留萌に初めて空襲があった。

品が、もう残り少なくなった貴重な米を二階にとりにあがっていたとき、遠くで飛行機の爆音がした。窓から首を出してみた。留美が学校から帰ったところで、カバンを玄関の前の防火用水の蓋の上に置いて、防空頭巾を肩からはすかいにかけたまま、家の前でひとりで石けりをしていた。片方の足で立って傾きそうになりながら、爆音のする空を見あげた。品も二階の窓から体をのり出して空を仰いだ。雲ひとつない気持ちのよい青空がひろがっている。南の方に飛行機の編隊が小さく見えた。こちらに向かってくる。だが空襲警報のサイレンは鳴っていない。

「警報が鳴らないから、あれは日本の飛行機だね」

留美がまぶしそうに目を細めて下からいった。

「そうだべな」

品がこたえて首を引っこめた。間もなくバリバリという音とともに屋根にぶつかるほど低く飛行機の翼が見えた。日の丸ではない。星のマークがついている。激しい機銃掃射の音だ。空襲警報のサイレンがあとを追うように鳴りだした。

品は米を入れた袋を胸に抱えて階段を転がりおりた。夢中で玄関に続く板敷きの二畳間の床板をめくると、外からかけこんできた留美を引きずりこんだ。そこは肩ほどの深さのある石炭を貯えておく穴だった。品たちは、この縁の下の穴を防空壕にしていた。品も留美も、がくがくふるえながら穴の中で抱きあっていた。外で喉もさけるような幼児の悲鳴がきこえてやがて絶えた。あとは機関銃の音だけが続けざまに鳴った。どのくらいの時間続いたのか、ずいぶん長く感じたが、ほんの短い時間であったかもしれない。

やがて飛行機の爆音は遠ざかり、あたりはしんとしてなにも聞こえない。助かったと品はおもった。ふたりはおそるおそる穴から這いあがって外に出た。

真昼の太陽が照りつけ、煙ひとすじ火の粉ひとつ見えず、あたりは静まりかえっている。子どもの叫び声などなかったように、白っぽいもとのままの夏の風景が眼に映った。しばらくすると隣や向かいの人たちもほっとしたように顔を出したが、なにも被害はなかったようすで、妙に言葉もなくまた家の中に入っていった。

「よかったねえ母さん。だあれも死んだりけがしたりしなかったんだね」

「よかった、よかった」

やっと緊張から解放された。品は初めて体験した空襲によって強い覚悟のようなものが生じていた。いざとなったら命を投げだしても、竹槍をもって鬼畜米英と闘わねば、戦地で戦っている長太と辰次にすまないと品はおもった。たったいま、逃げかくれしたままふるえていた自分がちょっと情けなかった。

それから二、三時間たったときだった。

「母さん、母さん」

外にいた留美が戸口からせっぱつまった声で叫んだ。品は小走りに玄関へ行った。

若い男がふたり、前と後ろで担架をになって家の方に歩いてくる。横に藤吉がうつむいてつきそっていた。担架のうえにだれか寝かされている。ゲートルを巻いた足と黒い短靴が見えた。担っている二人の男も藤吉もなにもいわないで歩いてくる。担架は家の入り口を通り、玄関の板の間にそっとおろされた。

「兄さん」

品は担架の上の長松の胸にすがりついて呼んだ。品の兄の長松がカーキ色の国民服のまま、一枚の布におおわれることもなくむきだしで、よごれた担架のうえに横たわっている。

担架のうえの長松の顔は白かった。眼をつぶって眠っているようにおだやかな表情である。

品は長松の手を握った。大きな節高の手は堅くて冷たかった。カーキ色の服の肘の辺りが裂けて血が黒く固まっている。血痕は腹のまわりにもあった。右の脇腹の血痕は生々しく、服からズボンまでどろどろに濡れている。腹部は異常にふくれあがっていた。

「どしたのさ兄さん。もいっぺん眼えあいてわたしを見ておくれの。ここは旅の空でしょ、わたしらの河野の村ではないっしょ。こったらとこで死んでもたらだめでないの。兄さんの仏壇も墓もないべさ。行くところへ行けれないしょ、兄さん」

品は長松にとりすがってうったえた。藤吉が立ったまま手の甲で涙をぬぐった。品は棒のような藤吉のゲートルの足にしがみついて赤子のように声をあげて泣いた。男たちは担架の上の長松に深々と頭をさげ無言で合掌した。

「おれらにはまだあとの仕事が残っているんで、ひとまず船に帰らしてもらいます」

小声で藤吉に告げて、男たちは引きあげていく。留美は生まれて初めて死んだ人を見た。それが大好きなおんちゃんだった。長松は藤吉と品の手で、布団に寝かされた。

やがて一枝と康隆が帰ってきた。状況を理解するのに多くの言葉はいらなかった。防空頭巾を背負ったままふたりは長松の遺体に近づいた。康隆もカーキ色の詰め襟にゲートルを巻いた兵隊さながらのかっこうで、長松の枕元に正座した。一枝も白い長袖のブラウスに絣のモンペの膝で長松の足元ににじり寄った。

「おんちゃん、船のうえでやられたの」

康隆がしばらくしてひくい声で藤吉にきいた。

「うん、留萌の港に避難する途中だったんだ。突然の敵機襲来で、船が動いていたのが標的になったようだ」

「父さんの船は大丈夫だったの」

「父さんの船はほんの少し早く港内に入って錨《いかり》を下ろして待機していたんだ。おんちゃんは他の船員を船底に避難させておいて、自分が船の舵を代わったんだ。沖で沈没してはまずいと考えたんだろう。少しでも沿岸に近づこうとしたところを逆に襲撃された。見てみよ、おんちゃんの両肘がやられてるだろう。舵を取っていたおんちゃんを斜め上から撃ったんだな。腹部にも数発は玉を受けている」

藤吉がさらに低くつづけた。

「おんちゃんは鉄砲の標的になってしまったけれど、船員はみな無事だった。船長として、立派な最期を遂げたのだ」

「戦死なの」康隆がきいた。

「おんちゃんも父さんも軍属だ」

「だったら戦死」康隆が重ねて問う。

「さいしょのころ、おんちゃんは、樺太に飛行場を作るためのセメントを運んでいた。だが最近は、その仕事も危険になって、軍人の物資の輸送にあたっていた。だから兵隊の戦死と同じことになる」

じっと下を向いて聞いていた品がきっと顔をあげた。

「そったらことはちっとも手柄にもならないしょ。戦死でもなんでも、死んだら、終わりだべさ」

悲しんでばかりはいられなかった。死出の支度が進められた。康隆が郷里の福井へ悲報をしらせるため郵便局に電報を打ちに走った。女たちは白いさらしを探しだして白帷子《しろかたびら》を縫いはじめた。

「白帷子を縫うときはな、糸の玉をしたらだめなんだよ。どこを縫うときも玉をしないで縫うんだよ」

品が泣きはらした眼で針に白糸を通そうとするがまぶたに涙がたまってなかなか糸が通らない。一枝が代わって糸を通した。品は針を受け取り慎重に縫ってみせた。指輪ひとつもはめたことのないよく働く品の右手の中指には、金色の糸貫が真っ白い布の中できらきら光った。糸貫に針の頭が刺さるたびに、傍で見ている留美の目に涙がたまった。

一枝も赤くなった眼をしかと開いて両袖を縫った。留美はまっすぐな背を縫った。留美の手元はおぼつかなくて不揃いの縫い目だった。

「彦作のおんちゃんは、北海道でわたしらのたったひとりの親戚だったのに」

一枝が涙声でいった。

作業衣を脱がせて縫いあがった白い着物に替えようにも、体がいっそうはれあがって脱がせることができなかった。

藤吉と康隆が、長松の服を鋏で切って裂くようにしながら着ていたものをすべて脱がせた。

やっと一段落して、死亡手続きや棺桶の注文に出ようとする藤吉に、品は申し訳なさそうにたのんだ。

「なんとか寝棺にならないだろうかね。兄さんの傷した腕や腹を折り曲げるのはとても、むごつけなくて、わたし、そんなこと、とてもできないわ、父さん、寝棺にしてもろてきて」

藤吉は黙ってうなずいて出ていった。

やがて郷里からの電報で、福井の方も空襲が激しくて、村からはだれも来られないという返事を受け、品たちが葬式を出すことになった。

通夜は灯火管制のもとでおこなわれた。お坊さんも落ち着かず、お経を手短に切りあげそわそわとしてじきに帰っていった。お参りする者もわずかだった。栄進丸の乗組員でいちばん若い村田さんがいつまでも長松の遺体のそばを離れずに、結局棺桶の傍で夜を明かすことになった。

「おれは船長に父親のように面倒をみてもらったんで、今夜は息子のつもりでそばに置いてもらいます」

村田さんがいった。彼は左足が少し不自由で引きずって歩くので、兵役は免れていた。不自由な足のために、長松が補い助けて働いていたのではなかったかと品は推測した。

よく朝、藤吉が近所の家からリヤカーを借りてきた。男たちがそのうえに静かに棺をのせた。品の願いも空しく、材料節約を理由に、寝棺は手に入らなかった。藤吉がリヤカーを引き、後ろを村田さんと康隆が押した。両がわに女たちが従った。

隣の小笠原さんのおばさんが、橙色のてっぽう百合を折ってきてくれた。宮下さん夫婦が家の花壇に咲いていたえぞ菊をいっぱい黒いリボンで結んで抱えてきた。宮下さんのご主人はいまは銀行員だけど、もとは長野のお寺の人なので、口の中でもごもごお経を唱えながら少し長く参ってくれた。留美はお供えものや線香やろうそくを入れた風呂敷を抱えて品のうしろに従った。

家並みを抜けると、なだらかな登り坂が続く。ここから二キロほど歩くと、小さな山のふもとに火葬場がある。人も車も通らない石のごろごろする広い一本道をだまってリヤカーを引いていく。一枝が通学していた青い瓦屋根の女学校の建物の裏手に、火葬場の高い煙突が見えてきた。右も左も広々とした畑がつづく。

一度、警報のサイレンが鳴った。リヤカーごととうきび畑へ逃げこんだ。とうきびはちょうど留美の背丈ほどに伸びていた。ひょろりと長い葉のつけ根に、幾重にも皮に包まれた細い実が育っている。うぶ毛のように柔らかい薄緑の毛が、実のてっぺんでのんきそうに風にふわふわ揺れていた。

とうきび畑の隣は広いごしょ芋畑だ。花が盛りだった。いちめんに星型の白い花が黄色い芯を抱えてぴんと立って咲いている。ところどころに薄紫の花もまじっている。広々とした原野が空とひとつになって深い海原のように波打っている。海…海…ふる里の海……品はふる里の海を見ていた。

ごしょ芋の花は越前の水仙の花に似ている。水仙は葉も茎もまっすぐ立っている。

長松は、仏の長松とも、船主の米びつともいわれてきた。情の深い欲のない男だった。田舎者はだれもそうなのか。海を相手の男たちは荒々しくても決して卑しくはない。分をわきまえている。品はそれが悔しくて情けなかった。崖いっぱいに咲く越前水仙の花につつまれて彦作の家のお墓がたっている。海を見おろすそこに兄は骨になって帰っていく。

「急ごう」と藤吉がとうきび畑から立ちあがった。品たちはまたリヤカーといっしょに歩きだした。

「兄さん堪忍しておくれね。石がごろごろするから、傷が痛いべ」

品は、リヤカーがガタビシする度に棺の中の長松に詫びた。

火葬場の人は空襲を恐れて釜に火を入れることをしぶった。高い煙突から煙が出ていると敵機に襲撃されるので、火を入れるわけにはいかないというのだ。

男は小柄で片目がひしゃいでいて物が見にくいらしく、顔をはすかいにして話をした。男のいうことももっともである。だが夏のことで、このまま死体を放置すると腐乱のおそれもある。リヤカーを小屋の中に引き入れたものの、勝手に釜に入れて火を点けるわけにもいかず、棺を前にして途方にくれた。

しばらく考えていたが、品が立ちあがって小声で藤吉に相談した。それから、康隆に耳打ちをした。康隆はすぐさま家に駆け戻って行った。

やがて康隆が自転車の後ろに塩のカマスを積んで戻ってきた。時節がら米と同じように塩も貴重品だった。藤吉が持ちかえってきた塩だ。品が農家へ持っていってわずかずつ米と交換していた。

藤吉が買い取ったものか、隠匿したものか、品は問うことができなかった。塩のカマスだけではなかったのだ。石鹸、砂糖、米なども、二階の屋根裏にわずかずつ目立たないように運んであった。子どもらにも内緒にしている。軍の輸送物資に違いない。

火葬場の人にカマスごと塩を渡した。やっと男は、警報が発令されたら直ちに釜の火を消すことを承知ならばと、しぶしぶ立ちあがった。長さも太さも家のストーブで使っているデレッキの三倍はありそうな長い鉄の棒を引きずって裏側へまわり、棺を釜に納めて点火した。

小屋の中で腰掛に座っておんちゃんが焼けるのを待った。髪の毛のこげるような臭いが立ちはじめ、だんだん異様な臭気が満ちてくる。幸い警報がかからなかったから途中で火を落とされることなく焼き終わった。

触れれば火傷するような鉄板の上に、長松の骨が体の形のままに白く残って出てきた。

「まだ熱いから、さわったらだめだよ」

と火葬場の人がいった。村では火葬場の人をおんぼう焼と呼んでいた。品はこの呼び名を使わなかった。

「仏さんは骨の太い丈夫な人だったんだね。こんなに沢山骨があるよ」

カマスの塩は確実に彼の態度を軟化させている。

みんなは骨を取り巻いて鉄板の冷めるのを待った。

「体は燃え尽きても、骨だけは最後まで残るんだね」

品がだれにともなくつぶやいた。すでにあきらめている辰次の体と長松の白い骨が重なって、泥の中に辰次の骨がばらばらに散っている様がおもい浮かんだ。涙はもうこぼれなかった。

「これが喉仏さ。壊さないように最後に拾って骨箱の一番上にのせるんだ」

喉仏を指さして火葬場の人が告げた。ほんとうにその骨は仏さまが座っている姿にそっくりだ。

人間はみな生きながら仏をもっている。品はここのところずっと荒ぶれていた心が、いくらかおさまるように感じた。

めいめいが骨を拾う箸をもらった。

「とても全部は拾いきれないから体のすべてからひとつずつ拾おう」

と藤吉がいった。頭、腕、胸、足、すね、手の指、足の指といちいち口移しに唱えながら、箸から箸に受け渡し、品の抱えている骨箱の中に納めていった。

「これ、鉄砲の玉だ」

康隆が小指の先ほどの黒い機関銃の玉を見つけた。玉だけを別にして白いハンカチでつまみ、それに包んだ。生温かい玉は六個あった。

「玉の当たったとこは燃えにくいと見えるな。黒く残っているわ」

火葬場の人がいった。確かに玉の当たったあたりの骨は完全に白くならずに薄黒かった。

拾いきれない骨が鉄板の上に沢山残った。残った骨はどうするのかと見ていると、男は雪よけに使うようなジョンバ（木製のスコップ）を持ってきてごいごいと骨を寄せて、くさみにいれ、それを抱えて建物の裏手へまわった。骨に心が残っていた一行が男のあとから裏までついて行った。

建物の裏手には、何百何千としれない人骨が無造作に放置されていた。無機物の集積は、人間とは無縁な化石のように見えた。その上に長松の骨もばらまかれた。

骨をかきわけるようにして、緑鮮やかな西瓜《すいか》のつるが勢いよくはいずっている。つるは伸び放題で、ぎょっとするほど太くてたくましい。葉の陰にちょうど子どもの頭ほどの西瓜がごろごろ生《な》っている。黒と緑の縞がはちきれんばかりに盛り上がっていた。

「この西瓜をあの火葬場の人が食うのかなあ」

康隆がいった。

「とても一人や二人では食べきれまい」

と村田さんが応じた。

「熟した頃を見計らって取りにこようかね」

村田さんが冗談とも本気ともつかぬ声音で康隆の耳元でいった。康隆はさすがに返事はしなかった。

「いずれ本土決戦になれば、骨はみんなこうなるのだね」

品は観念したような声でいう。

「おんちゃんがこうやって、ぼくらに骨を拾われるだけまだましなのかな」

康隆が隣に立っている村田さんの顔を見た。

「野垂れ死にして、野ざらしの骨になるよりはまだましだとおもうべ」

村田さんが遠慮がちにこたえた。

品は、どうか死ぬのは長松ひとりだけにしてほしい、これで打ち止めにしてくれと願わずにはいられなかった。


昭和二十年八月十五日、留美が学校から早めに帰ってきた。今日全校児童が講堂に集められて、校長先生から、正午に大切な放送があるから必ず家の者と聞くようにといわれたのだ。時間はまだ早いのに、藤吉が茶箪笥の上のラジオを調整して流してあった。留美はランドセルを下ろして、また外に出て行った。

宮下さんの家の前の大きい防火用水の丸いふたの上に、近所の子どもたちが腰掛けて、地面にとどかない足をぶらぶらさせている。やがてみんなが縦こぶしにした両手を前に突きだして、中のひとりが人差指を立てた。こぶしを順繰りに指してまわり、みんながそれに合わせて歌っていく。

つうぶや　つうぶや　まめつぶや
醤油で煮付けてあがりゃんせ

ども　ども　しょっぱいね

歌が終わったとき、指を指された人が今度は親になる。何度も同じ歌を繰り返していく。

「放送がはじまるよ」

宮下さんの家の窓があいて、奥さんがおっとりと声をかけた。

「分かったー」
二、三人がこたえて、
「ねえ、くらべっこしよ」

「うん、いち、にの、さん」

おもいっきり強く握った両手をぱっと開いて掌を寄せ合った。子どもの手がいくつも葉っぱのように指を広げて集まった。

「繁《しげ》ちゃんが一番だ」

一番黄色い手は小笠原さんの繁ちゃんの手と分かって子どもらは納得した。小笠原さんには子どもが十二人いる。ほとんど、かぼちゃと芋を食べて生きているようなものなので、皮膚が黄色になるのは当然だった。

ラジオ放送を聞くためにめいめいが散っていく。

正午の放送を、藤吉と品、それに留美がラジオの前に正座して聞いた。天皇陛下の声は雑音が入って聞き取りにくかった。品は、なにをいわれているのか分からないでいるうちに放送が終わった。

藤吉は少し泣いていた。

「天皇陛下はなんといわれたの」

留美が聞いた。

「日本は戦争に負けた。無条件降伏するといわれたんだ」

「こうさんしたの？」と留美が聞いた。

「そうだ。全部の敵に降参した」

藤吉はうつむいて握りしめた膝の拳を見ている。

それから品もうっすらと涙ぐんだ。

「せめて、もうひと月早く降参していればねえ。兄さんは死ななくてすんだのに」

そして品はすぐ立って仏壇に灯明をつけた。仏壇の脇には長松の写真と戒名を書いた位牌があった。写真の中の長松はおだやかな眼をして口元に笑みを浮かべている。子どもたちにお年玉やおみやげを渡しているときの長松の顔である。長松自慢の一人息子は高等商船を卒業するとすぐ海軍少尉になって軍艦に乗っている。彼は父親の死も知らないだろう。なにより彼の生死も定かではない。死の知らせがないから無事であろうと信じているだけなのだ。

品は長松に水を欠かさずに供えている。

「兄さん戦争は負けたよ。負けてもなんでもいいから、せめてもうひと月早く戦争を止めていればねえ、兄さんも死なないですんだのに」

それから二人の息子の写真の方に向き直った。仏壇の横の置き床にはまだ消息もしれない我が子ふたりの軍服姿の写真があり、毎朝、影膳が供えられる。たっぷりと大きな湯のみに水を入れ、家族が食べるものをそのまま、芋飯からみそ汁から漬物まで箸をそえて供える。すいとんだけのときも、ごしょ芋団子のときもある。

「ひもじいやろうね、戦争は終わったよ。きっと帰ってきておくれよ」

夕方になると、電灯の黒い覆いを康隆にはずさせながら品がつぶやいた。

「今夜からもう灯火管制しなくてもいいんだよ。よかったねえ」

「戦争が終わったら、屁みたいな一日だな」

康隆のいうように気の抜けたような一日が過ぎた。

終戦からちょうど一週間が経った八月二十二日の午後、品と留美が港へ向かっていた。

ほこりっぽい南記念通りから、岸壁へ向かうゆるやかな坂道にさしかかると、品の後ろを歩いていた留美が自然に駆け足になって横をすり抜けていく。兄のお古の運動靴は、親指の先が擦り切れているうえ少し大きかったので、留美が足を蹴り上げるたびにカカトがぶかぶかした。

引きこみ線の前で留美は速度をゆるめて立ち止まった。線路の左右を見て、貨車のいないことを確かめると、ちらっと品を振り返り、小走りに岸壁に近づいていく。坂道の下りは品の足にもはずみがついて早足になる。

眼の前に赤茶けた鉄の城のような船が横づけされていた。

「これが、樺太からの引き揚げ船だべか」

岸壁のそばまで来て、二人はその大きさに息をのんだ。

「魚雷に当たった船でないべね、どっこもなんともないしょ」

留美がはあはあ息をはずませながら船を見上げていった。

留美がその日学校で、樺太からの引き揚げ船がソ連の魚雷に当たって、留萌の沖で沈没したと聞いてきたのだった。

港に行ってみようという留美が、無責任な野次馬みたいにおもえて品は最初はためらっていた。しかも、ほんのひと月ばかり前には長松の死を見とどけたばかりだった。これは、わが眼で見ておかなければならないのではないかと品はおもい直したのだ。戦争が終わってから魚雷に当たって貨客船が沈没し、死人が出るなどということがほんとうにあるものだろうか。戦時中はよくデマが流れていた。これもデマかもしれないという疑いも半分あってやって来たのだった。

目の前に停泊していて微動だにせず、傷跡もないような、堂々とした貨客船が魚雷に当たった船とはおもえない。船を上から下まで見まわしたが、沈没の痕跡も気配もない。やっぱり沈没の話はデマだったのかとおもって品と留美が顔を見合わせた。さらに岸壁のそばまで近寄り、しばらくはまぶしい光に眼を細めて、鋭くとがった舳先から船腹を、ぽかんと口をあけて見上げていた。この船は別の、沈没には関係ない船に違いない、などと品と留美は話していた。

仰向いていた首や肩の力を抜いて、ふと足元に眼を落とした。岸壁に沿って莚《むしろ》が敷かれ、上に被された莚が柔らかく盛り上がってずっと向こうまで続いている。

「なんだべ」

留美が品の顔を見上げた。ずっと先の方に数人の男たちが、かがんで莚をめくっては、胸に抱えた物になにか書きこみをしている。

足元の莚の端に手をかけて、留美がなにげなくめくり上げた。のぞいた瞬間、留美は驚いて後にとびのいた。莚の中に裸足のふやけた小さな足が見えた。近寄って品ものぞいた。かすりのモンペが水を含んで脚に張りついている。濡れて黒々とした髪の毛は頭の上でバラけ、額に垂れて白い顔にまとわりついている。まるで髪の毛が、持ち主から離れたくないとしがみついているようだ。

留美と同い年くらいの女の子だ。隣には横たわっている女の肩先が見えた。品はそれ以上直視することはできなくて莚をもどした。品の体がおこりにかかったように震える。

死体は数の多さで二人を圧倒した。莚の下に横たわる累々たる死体の列を見ながら、品の胸はつまったが、長松を失ったときのあの身を裂かれるような痛みの感情とはちがっている。

死の痛みは数の多少ではなく、亡くなった人と生きている者とが重ねてきたつながりの深さであると気づいたとき、品はただ頭を垂れて死体の列に心から手を合わせていた。人間とは、なんと身勝手で、非情なものであることか。

残された者が死者のためにできることは、記憶にとどめて忘れないことだとおもい直し、品は、いま対面した名も知れない少女やたくさんの人々を、新たな死の記憶として強く眼に焼きつけ、決して忘れないと心に誓った。

後日、藤吉のもたらした情報によると、悲劇は予想以上に大きいものであった。留萌沖で被雷したのは、特別砲艦「第二新興丸」死者四百名、さらに後続の「泰東丸」死者六百余名。しかし被害はこれだけではなかった。このおよそ一時間前には、増毛の沖でも「小笠原丸」が撃沈され、六百余名が命を失っているというのだ。増毛といえば、五年ほど前に父の彦次郎の痕跡を求めて訪れた場所だ。あのときの海辺の家並みがまだ品の記憶には新しい。

いずれも乗船していたのは樺太からの引揚者、老人、女、子どもで、生存者六十名ほどのうち乗務員を除けば、助かった引揚者はわずかに二十名にすぎないという。しかも、もっと品を驚かしたのは、沈没が漂流していた機雷にふれたものではなかったということであった。日本が白旗をかかげたにもかかわらず、潜水艦二隻による撃沈であった。

「父さん、戦争が終わっても、安心はできないね。いつなんどき、やられるか分からないんだから、油断したらだめだよ」

品はまた新しい不安にかられた。めったにものに動じない藤吉が、引揚船撃沈のことをこれだけ詳細に強い口調で品に聞かせてくれるのは、これまでにないことである。

簡単な葉書が一枚、ウラジオストック気付でとどいた。長太が生きていることだけは知れた。文面はすべてカタカナで書かれていた。電文のように短いものだったが、まぎれもなく長太の筆跡である。捕虜としてシベリアに抑留されるということだ。

「シベリアって、樺太より寒いとこだべか」

おろおろ声で品がたずねた。

「そうさ、外へ出てションベンしたら、たちまち凍るんだって」

そんなことをいう康隆を、一枝が強くたしなめた。

「ともかく、生きていたんだから、喜ぼう。長太なら、きっと生き延びて帰ってくる」

藤吉のことばには、なんの根拠もなかったが、これが家族の強い願望であった。

やがて、また一枚の封書を受け取った。品の予言どおり、辰次の死の公報であった。

昭和二十年六月十八日
沖縄　真壁に於いて戦死
陸軍高射砲隊　上等兵
小亀辰次　　二十一歳

家族は何度もこの文面を読んだ。

「人ひとりが死んでもたことを、国はこったら一枚の紙切れで告げるのかね」

品が太い声を出した。

「機械がぽんぽんと打った字でもって、わたしらに知らせるんやな。辰次の命は、これだけのもんやったんか」

品は紙切れを拳の中に握りしめた。

旭川にできた引揚援護局まで出向いて、渡されたのは、骨箱ひとつだった。白い布に包まれた骨箱を藤吉が受け取って首にかけてもどった。

「辰次兄さんが帰ってきたよ」

品が、玄関で待ち構えていて家族に告げた。骨箱によりそって家に入った。

辰次の白い帰還を妹ふたりと弟とが声なく迎え入れた。藤吉が白木の箱をちゃぶ台の上に置いた。

「軽いね」と康隆が持ってみていった。

「ほんと軽いね」一枝が上下に振った。

「からから音がするよ」と留美がいう。藤吉が骨箱をあけた。

中には氏名を書いた小さな白木の位牌と、親指の先ほどの石がひとつ入っていた。

「箱だけでないか。骨ぬきで、見せかけさ」

康隆が揶揄《やゆ》するようにつぶやいた。

「辰次の体は、どこで、どんなに傷ついたのやろ」

みんなうつむいて品のことばを聞いた。

「どれほど苦しんだのやろ。血を流して、どこに命をしもてもたのやろ」

だれもなにもこたえない。

品のまぶたに、火葬場の裏に無造作に捨てられていた骨の山が映った。

「辰次の骨は草に埋もれて、土にまじって、風に吹かれて散ってしもたのやろか」

うつむいていた藤吉がゆっくり顔をあげた。

「留美、卓上ピアノをもっておいで。兄さんに弾いてきかせてやりなさい」

静かな声だ。悲しみに満たされた空気に、ひと言ずつ留めおくように藤吉の言葉は皮膚に入った。

「うん」

留美がバネのように立ちあがり、張りつめていた空気を切り裂くようにして部屋へ走った。

ちゃぶ台のうえに骨箱と卓上ピアノが並んだ。留美が真剣な顔でピアノと骨箱を交互に見つめる。やっとキーをたたいた。

「ドレミミ　ソラソソ　ミレドレミ」

『みなと』のメロディーの一音一音がはなればなれになるほどゆっくり流れていく。みんなじっと聞いていた。曲が終わった。

留美の両手が再び鍵盤のうえにのせられた。みんなの眼が留美の手元に集まる。曲が鳴りだした。

「ラソファ　レファレド　ドドファファファソ……」

メロディーはゆっくり二度くりかえされた。

「『海』だね」

一枝がうつむいていた顔をあげた。

曲はあまりにも短かくて音は瞬く間に消えていく。

だが消えずに茶の間に漂っているものがある。

「海には国境なんてないのに……争いなんて……」

一枝がいう。

「あるよ。海にも境はあるさ、ちゃあんと」

康隆がこたえた。

「国境なんていうものは、もともと人間の都合でこしらえたものだ」

藤吉が暗い声を康隆にかえした。

品の目に、ふる里の海が映った。沖縄の海も映る。海はひとつになってどこまでもつづいている。空にもつづいている。海が萌えている。海が赤い、と品は感じた。

夕暮れの光が少しずつ明るさを失っていく。康隆が立って、電灯をともした。

骨箱はすみずみまで白く、ちゃぶ台の上にあった。

船絵馬

北海道の夏は短く足早に過ぎ、秋に続く冬もまた足早にやって来る。

その日は朝から風が強く、秋の彼岸が過ぎて何日も経っていないのに、冬のような寒さだった。品はあわてて押入れの行李に片付けてあった胴着や毛糸の靴下、ジャケツなどを出して、引出しの薄物と入れ替えをしていた。

辰次が着ていた灰色の毛糸のジャケツを膝の上に広げてみる。袖と胴に太い縄編みを二本入れた、藤吉得意の編み模様だ。辰次は沖縄で戦死してしまい、袖を通すこともかなわず、長太はまだシベリアから帰ってこない。ナフタリンの匂いだけが残っている。品は不運な籤を引いてしまったようでくやしかった。

一枝お気に入りの黒のビロードのワンピースもいっしょにしまってあった。留美が生まれた記念に、矢野写真店で家族写真を撮ったとき、一枝がこれを着て写っている。越前から、品の姉が手伝いに来ていたので、留美はそのあばちゃんに抱かれて、生まれて何日もたたない顔を傾けて眼を閉じていた。その後留美も気に入って着ていたワンピースだ。あの写真には、まだ臥《ふ》せっていた品が抜けているが、藤吉と五人の子ども全員がそろっていた。再び家族が全員そろうことはもう決してないのだ。

小さくなって着られそうにないコートといっしょにワンピースも、日吉丸の機関長の吉田さんの子どもにあげようと、品はそれを風呂敷に包んで隅によけておいた。

大家の堤さんに家賃を払いに行くようにいいつけてあったのに、留美はまだ行く気配がない。茶の間の窓を背にして壁にもたれ、吉屋信子の小説を夢中になって読んでいる。品は、毛糸のチョッキを持って立った。

「留美、父さんが編んでくれたチョッキだよ。これを着て、日の暮れないうちに堤さんに行ってきてちょうだいよ」

顔を上げた留美の眼がうるんでいる。

「うん、もうちょっとで終わるんだけどなあ」

留美は未練ありげに、それでもしぶしぶ本を閉じ、自分の部屋の勉強机まで本を置きに行った。

堤さんの奥さんもご主人も、留美が家賃を届けに行くと、「おおきに」といって家賃を受け取り、留美に必ずなにか持たせてくれる。おおきにという言葉はこのあたりでは珍しい。尋ねたことはないが関西方面の出身者なのだろうか。いつも、おおきにをなつかしく聴いた。

品は若い頃、村の北前船主、右近権左衛門の旦那様の口利きで、大阪の「浜源屋」という海産物問屋に行儀見習いの奉公に行っていた。店にいる奉公人と家族と総勢十八人の茶碗を、一日で全部覚えてしまったと、気難しい奥様に褒《ほ》められて以来、奥様付きの奥女中になった。戸の開けたて、立ち居振る舞い、茶の点て方、言葉遣いに至るまで、蚊蜻蛉のような体で甲高い声をあげる奥様に毎日叱責された。便所に入って何度も泣いた。

村に帰ってからは、右近家に仕えることになったが、でっぷりとした大奥様も上方の言葉をつかっていた。、歯ブラシに歯磨粉をつけることからはじまって、床に入って掛け布団を掛けるまで、お品、お品と呼んで、品をそばから放さなかった。

「一の蔵は檜《ひのき》の蔵、二の蔵は杉の蔵、三の蔵は欅《けやき》の蔵、品が嫁入りして家を建てるときには な、檜の柱を一本出してやろうぞ」

大奥様は毎日歌うように品にいっていた。その大奥様が急な心臓の病で亡くなるとき、品に手を預けて、「おおきに」とつぶやいたのを品は震えながらたしかに聞いた。檜の柱はもらわず仕舞いだったけれど、この言葉で品は十分満足していた。「おおきに」という言葉の抑揚が、大阪で働いていたころの品に立ち返らせてくれる。言葉とは不思議なものだと品はおもうのだ。

堤さんがくれる駄賃は洒落た焼き菓子や大福のときもあれば、鉛筆や消しゴム、ノートのときもある。それを楽しみに堤さんに行く留美だが、あの本を最後まで読んでしまいたかったに違いないのだ。なぜ、もう少し待ってやれなかったのかと品は少し悔やんだ。

留美は通帳と家賃を入れた白い布の袋を手にすると玄関を駆けて出た。出窓の下に、雑草と変わらない奔放な活きの良さで、蝦夷菊が乱れ咲いている。留美は濃い赤の花を一本折って、手の指先に挟んで風車のように回しながら坂を下りて行った。

堤さんの家はカトリックの坂の途中から左へ入ったとっつきにある。留美は少し大回りをして堤さんの家の後ろに回った。崖の下には横に二面並んでテニスコートがとってある。

西の空から伸びてきた黒い雲の塊がどんどん太陽に近づいている。

「黒い雲に食べられてしまう」

留美は短くつぶやく。

ススキと熊笹の生い茂る崖の上から、濃い秋色に変わっていく原っぱに眼を移した。地面はもう夏の頃のように白く乾いてはいない。

あおむくと、こんどは、薄くなった雲の切れ目に深い青色を湛《たた》えた空がある。

「空に摩周湖ができたよ。秋色だね」

人は誰もいない。

春にはこのテニスコート辺りが一番早く雪が溶けて土がのぞく。雪解けが近くなると、半年近くも深い雪に埋もれていた土を早く見たくて、留美は友たちと学校の往き帰りに毎日のようにテニスコートを覗きにくる。長い間別れていた特別の人に会うように、土を確かめたいのだ。雪みたいに冷たくない、雪の白さではない、湿った土、暖かい土、柔らかい土。早く触れたかった。まだじっとりと濡れて重たい土のはずだけど、掌に早くすくい取りたかったのだ。

積もっている雪をスコップで取り除けば、下から土が見えてくるのだけれど、それは何故だかやってはいけないのだった。毎年、辛抱強く、毎日、自然に土が現れるときを待つのだ。

雪の嵩《かさ》が除々に低くなって、覆っている雪の層が日一日と薄くなり、ある日突然、周りの雪がすり鉢状に中心の一点に落ち込んですかすかになると、ビー球のように小さく土が顔を覗かせる。広い二面のテニスコートのどこでそれは起こるのかは、分かるようで分からない。崖の上からおよその見当をつけて、留美たちはいっきに崖を駆け下りる。

「あった、ここ」

みんなその周りにひざまずく。小さな土の顔を覗いた瞬間、まるで、誰かの許可が下ったように、やっと回りの雪を両手で撥《は》ね退けて、今年一番の新しい土に触れるのだ。

初雪をなにか新鮮な気持ちで、手や顔や唇に受けて、一番の冬を感じたように、留美たちにとって、それは待っていた春を受け入れる厳粛な儀式であった。

握っていた家賃帳に気がついた。留美は崖から離れ、坂を下りながら、ふと、坂の下に眼を移した。下から登ってくる戦闘帽の頭が見えた。上体を前に倒して、顔は下向きで進んでくる。

「兵隊さんだ」

留美は立ち止まった。一歩ずつ兵隊さんの姿がはっきりしてくる。カーキ色の軍服。背中になにか背負っている。肩からも斜めにカバンのようなものをかけている。ゲートルを巻いた足、古びた靴が土を踏んで登っている。

「まただれか、兵隊さんが復員してきたんだ」

留美はなんとなく気がひかれたが、堤さんの家へ向かう曲がり角へ来たので左に折れた。角に赤い自転車が一台寄せてある。留美は新品の自転車に一瞬眼を奪われた。しかし、やっぱりさっき見た兵隊さんが気になった。そこに立ったまま、登ってくる兵隊さんを待っていた。

すぐそばまで兵隊さんが近づいてきた。肩幅が広くて、腰から下はほっそりしている。兵隊さんは帽子のつばに手をかけて、汚れた戦闘帽をちょっと浮かせて顔を上げた。口の周りが薄黒いひげで覆われている。兵隊さんも立ち止まって留美を見た。二人は、息を止めてにらみ合うように疑い深い視線を送った。沈黙する二人の間に空気が溜まっていくようだ。

「おっき兄さん」

留美が恐る恐る小声で聞いた。兵隊さんはしばらく黙っている。

「おお……留美か」

兵隊さんはうなるような声をあげた。

「長太兄さん、帰ってきたんだね、早く、母さんに知らせないと」

留美は、なにか恐い異常な者に出会ったとおもった。自分が最初に触れてはいけない人のような気がして、一、二歩後すざりした。堤さんに行くのも忘れて、家に向かって駆け出した。一刻でも早く、おっき兄さんより一歩でも早く家に飛び込んで、母さんに知らせなければならないとおもった。留美は家賃の入った袋を左手にバトンのように握り締めて、全速力で走った。息を切らして玄関に駆け込んだ。そして切れ切れに叫んだ。

「母さん、母さーん、おっき兄さんが、帰ってきたよー」

割烹着の裾で手を拭きながら、品が台所から前のめりになって走り出てきた。

「長太か、ほんとか、どこに、いる」

品が裸足でたたきに降りたところへ、長太が入ってきた。品は長太の足もとから順に顔まで、疑い深そうな眼を上げていく。

「子どもの顔を忘れたのか、母さん」

「長太か、長太だな、おお、よく帰ってきてくれた」

あとは言葉にならず、長太の躰《からだ》を抱えた。長太の脇の飯盒《はんごう》と背中の背嚢《はいのう》も、品の回した手の中にあった。

「電報です」

間延びした声が開けっ放しの玄関から入ってくる。留美が受け取った。

「俺が武生の駅で汽車に乗る前に打った電報だな。本人の方が先だったか」

昭和二十二年秋、やっと長太がシベリアから帰ってきた。


坂道を登りながら、品は手に提げた買い物袋をとても重く感じる。道の端に寄って袋を下ろすと、クローバーの花の上にしゃがみ込んだ。とがった教会の屋根を仰ぎ見る。今日は正面の階段に牧師さんの姿が見えない。

廉売の市を久しぶりにのぞいた。どこにこんなに物が隠されていたのかとおもうほどさまざまな物であふれていた。サッカリン入りの饅頭を買った。白い袋に入ったサッカリンも手に入れた。ビート大根を煮詰めて取った甘汁を砂糖代わりに使っていたがたよりない甘味だ。小平の農家で、銘仙の着物と引き換えに米と小豆を分けてもらったので、ぼたもちを作ってみようとおもいたったのだ。

いったん腰を下ろしたらなかなか立ち上がれない。月のものが、時期なしに現れたり、滞ったりする。いよいよ更年期というものだろう、品は自分の老いを自覚した。

やっと歩き出す。

「聞こえる、聞こえる」

ピアノの音はだんだん大きくなって近づいてくる。疲れを忘れて、音の流れを追いながら忍び足で歩く。銭湯に行くたびにピアノの音色を聞いていて、一枝に曲名を教わったので幾つかを覚えた。おもわず足を止める。

「トルコ行進曲だな」

品は題名が分かってうれしかった。花の名前でも分かったときは新しい友人ができたようにうれしいものだ。曲を覚えると、宝石箱に宝石がひとつ増えたようだ。宝石などには一生縁のない品は、欲しいなどとおもったこともないのに、幸せな気分になった。

品の妹の藤子には子どもはないが宝石はたくさん持っている。絶えず女の噂が絶えない夫と、気ぐらいの高い落ちぶれた酒造業の姑に仕えている藤子が、品に宝石を自慢そうに見せてくれた。ビロードの箱には、品の知らない宝石が澄ましこんで納まっていた。藤子は、夫が女を作る度に宝石をひとつずつ求めたのではないだろうか。石にはなにか怪しい光が宿っているように見えるのだ。だがトルコ石だけは品が名を覚えた。海の色を閉じ込めたような深い藍だったからだ。小粒ながらこんもり盛り上がっていた。

ころころと音がころがる。軽快で勇ましい曲だ。留美や一枝が弾けるとどんなにいいだろう。出窓のレースのカーテンが両方に寄せられて、少年の横顔と白い襟が見える。

夕暮れがせまっていた。品は歩きだした。留萌に来て間がない頃は、海が見たくて、留美を背負って、瀬越の浜の見える崖まで歩いた。海の音が聞きたかった。いどむように白く牙立つ波頭を見たかった。でも波の牙はあっけなく砕けて消えてしまい穏やかに砂浜にしみ込んでいく。燃えたまま沈んでいく夕日の火照りもいまはなんだか静かに消えていくように感じる。もう数えの四十八歳だ。卓上ピアノにあけくれていた留美もこの春中学生になってから、ピアノに触ることも少なくなった。

品は自分の気分が最近重くなっているのに気づいている。

復員後すぐ国鉄に復帰するつもりで出勤し始めた長太が、半年もたたず国鉄を辞めて、長い間無人になっていた郷里の家に、一人で暮らし始めたところだった。長太は村役場の職員にしてもらった。

一枝の結婚もほとんど品の思惑《おもわく》で決まった。もしも、長太が北海道で国鉄に再び勤務し、身を固めでもしたら、さらに一枝を北海道で嫁がせてしまったら、自分は簡単に越前の村に帰れなくなるのではないかと品は恐れていた。

ふるさとの村に帰りたいと品は一日に一度はおもう。理由などなかった。

家の前の石垣、庭にある甘柿と渋柿の木、金相寺の背戸にたわわにたれさがる葡萄の房。心おきなく交わす村の誰彼との会話。どれもこれも品の心を呼び戻す。

一枝と長太、あれもこれも、二人のためをおもってのことなのだと、品は自分にいい聞かせながらも、わが身が故郷へ帰りたい一心であることも分かっている。だから後ろめたい気持ちで沈み込むのだった。

「いっしょになりたいとおもっている、好きな人でもいるんでないの」

と品も二人だけになって一枝に尋ねてはいる。一枝は黙ってかぶりを振った。お互いの気持ちを言い交わしたわけではないが、銀行の中に、双方で惹かれあっている相手がいることに、品は女親としてうすうすは感づいていた。それが上司の宮下さんを通して、相手方から嫁にもらいたいという申し出があったのに違いないのだ。品はにわかにあせりだした。そして宮下さんからの話を断ってしまった。

以前から頼んであった、郷里のかばたのあばちゃんの進める縁談を一枝に話したのは、銀行員の話を断った後だった。

「きよしさんは、てんぽな親切もんやさけにの。なんにも心配いらんげぇの。うらのところへよこすとおもてかずちゃんをよこしてくれればいいんやさけの。かばたのあばちゃんがそういってすすめてくれる人やから、いいんでないの、母さんは賛成だよ」

一枝が、おもいがけず素直に応じて、あっけないほど簡単に話はまとまった。しかし、結婚が決まってからも、品は度々、姉のすでに手紙を書いて問いあわせもした。書くことが苦手なすての代役を担ったのは、すての養女になっていたみさおさんだった。

すての家は代々一家の主が早死にする。夫に死なれたすてには子どもがなかったから、姪になるみさおさんを養女にして結婚させた。婿は外国航路の客船に乗っていたが若くして病死した。みさおさんも寡婦になり、夏は土方、冬場は逓送の仕事をして三人の男の子を育てている。

品の送る度々の手紙にも、すてのしゃべるまま、丁寧な返事を書いては送ってくれた。

「たしか、てえなわん（手に負えない）、福さんという母親がおったが、一枝には姑になるんやけど、大丈夫やろかのお」

と品が書いて送れば、

「お福さんは、男の子をひとり連れて後添いに来た人やさけの、そんで生まれたのがきよしさんやからの。きよしさんは次男坊やさけ、福さんとおんなじ屋根の下で暮らすわけやないんじゃさけ」

写真を見せてほしいと、品が頼んであったのに、

「きよしはひどう写真写りが悪いさけ、勘弁しておくれ。一枝さんが見て嫌やといわれては困るんでのお」

結局写真は送ってこなかった。

一枝は銀行員の男の中にいたのだから、多分、田舎者の写真を見たりしたら、決心が鈍るか

もしれないので、その方が好都合だと、品は内心ではほっとしていた。

箪笥の底に残してあった品の最後のお召しの着物と、結城と大島の着物を手放して、一枝のための付け下げを新調した。喪服は品のものを単衣《ひとえ》も袷《あわせ》もそっくり一枝に持たせる。嫁入り道具というほどのものはなにも準備できないが、昭和二十三年という時代は、それがごく普通であった。

家族のあれこれについて、藤吉には口をはさませない品の独断が強くなっていた。藤吉が航海のため家にいないことも一因だが、長太のシベリア帰還が品と藤吉の間を少しずつ変えていった。

藤吉には、もう十数年も前になるが、品と長太のたっての懇願を聞き入れず、長太を義務教育で終えさせてしまったことへの負い目があった。もともと無口な上、世事に関心ももたないたちでもある。それらが藤吉に一歩ひく姿勢をとらせるのかもしれない。

「父さんに相談したって、話にならないよ。商売っ気のない人だから」

長太と品は村に帰って、運送屋を立ち上げる計画をもっていた。時代はもう海上輸送より陸上輸送、トラック輸送の時代だと二人は読んでいたのだ。運送屋の足場をつくるためにも、長太を村に返さなければならなかった。ちょうど、一枝の結婚のために帰郷するという、願ってもない好機がやって来たのだ。一枝と品と、冬休みに入った留美が帰郷することになった。

また品には、兄の長松の遺骨を家族に届けるという大事な役目もあった。幸い長松の一人息子は海軍から無事帰還してきたところで、父の遺骨を引き取りに行きたいというのを品が断って帰郷の折に届けることを約束したのだ。

一枝の結婚は、式というほどのものはしないが、長太が藤吉の代理で参列し、藤吉は留守番に回った。晴れやかな場の大嫌いな人だから、むしろ喜んでいたかもしれない。

列車は雪で予定より一日遅れた。長旅の後、ふるさとのかび臭い家に旅の荷をおろした。北陸の海は荒れ、内地も北海道同様、冬の厳しさを抱えている。

雨戸を開け、上げてあった畳を敷いて掃除をしたのは、すてとみさおさんである。囲炉裏に薪がくべられ、パチパチ音を立てて朱色の炎があがっている。すでに長太が半年前から二階の一部屋で寝起きしているが、囲炉裏に火を入れることもなかったらしく、堅く固まっていた灰をすいて、火を入れたのはすてだった。

「囲炉裏、囲炉裏」

留美が喜んで膝をついて覗き込む。

「布団もお前らが使こてもええように、蔵から出して、よう日に当てて干してあるさけにの」

「煙たいね、眼が痛くて涙が出るよ」

「煙は、いいおなごの方へ流れるんやぞ」

眼をこすっている留美に、すてが笑いかける。

「いいおなごって、めんこい女の子っていう意味？」

「そやそや」

品があいづちをうつ。久しぶりに波の音を聞きながら、品はなかなか寝付かれなかった。

品の心配をよそに、ふるさとの朝はおだやかに明けた。

初めて対面する花嫁と花婿が、本家の座敷でごく内輪の親族に囲まれて、簡素な儀式がとり行われた。

花婿は、利口そうだが、ずんぐりむっくりで、いかにも田舎じみていて、がっかりするくらい風采が上がらない男だった。しかし、人当たりにはそつがなく、笑顔を絶やさない人だ。会った人すべてが、心を開かずにはいられない穏やかなものが躰全体から感じられる。人柄の良さは、すての見立て通りのようだ。

一枝は新調した薄紫の付け下げに、白いつづれの帯を締め、品が誇らしくおもうほど美しい花嫁だった。

すでに家を新築する土地は買ってあるので、この狭い母屋の二階でしばらくは辛抱してもらいたいと、母親の福さんが、巨体を無理に床に押し付け、狡猾そうな細い眼を窺うように向けてくる。

花婿のきよしさんはもう薬屋をはじめていた。駅の売店のような狭さで、座る場所は畳一畳分もないほどだ。母屋の脇に敷地ぎりぎりに立てた小屋のごときものだ。二年も待たず新しい店にするというので、品はひとまずそれを信ずることにしたが、本人の一枝が黙って受け入れているのが不憫《ふびん》であった。

祝いの膳にはなにも無いとはいえ、そこは地元の強みで、立派な鯛の尾頭つきがのっている。品は胸が詰まって一口も口にしないでしまった。

「うまい酒やったの、よう、あれだけ買い占めたの」

長太も気を張っていた様子で、帰ってからやっと囲炉裏のそばで胡坐《あぐら》をかいて杯を手にした。

「なんたって隣の糠《ぬか》の部落は、伏見の酒蔵に、杜氏《とうじ》に出る男衆が多いさけにの、原酒が手に入るのやろ」

品は村の訛《なま》りになる。

「一技は町で、インテリの男らを見てきたんでの。よお、ここに嫁ぐ気になってくれたとおもうわ」

長太もそういいながら、手酌で杯を重ねている。

みさおさんが、すてといっしょにおかずを提げて来てくれる。村で穫れたサトイモの煮物や、ヘシコや梅干だ。

「きよしさんを悪ういうもんは、村中探しても一人も居りませんわの。よおできた人です。薬屋も繁盛してます」

上手をいわないみさおさんの言葉だ。信じてもよいだろう。それに、人は見かけではないと藤吉に諭されたことがあったことに品はおもい当たった。

「ご馳走でもなんでもないけど、ヘシコをあげてきたんで、こっちにいられる間に食べてもらおとおもて」

なりふりかまわぬ男のような体格で、みさおさんがたくましい腕に抱えた包みを広げて帰っていく。

「おお、なつかしやの、ヘシコなんて、北海道へ渡ってから、いっぺんだって口にしとらなんだわの、これは鯖やの」

皺くちゃの新聞紙に包まれたヘシコから、特有のすえた匂いが立ってくる。それが品には忘れることのなかったふるさとの匂いだ。ヘシコは鰯《イワシ》や鯖《サバ》の糠漬けのことで、蛋白源として冬場の貴重な保存食だ。土壁のような糠が大きな鯖の全体を包んでいた。半開きの口の中にも、容赦なく糠を押し込んである。

「鯖のミイラみたいだね」

漆を塗った箱段が珍しいと、そこに腰掛けたり、引き出しをあけたりしていた留美が、匂いに顔をゆがめながら覗きにきて気味悪がっている。ヘシコは木彫りの魚のようにかちかちに堅い。

「鰊は麹に漬け込んで冬を越して保存するのやけどね。ここらでは昔から粉糠《こぬか》に漬け込む風習やの」

「焼いて食べるの？」

「おいや。爺さんの彦次郎さんが北前船の船頭をしておった頃はな、キクさんの漬けたヘシコを、大きな桶に入れて、船に積み込んで行ったのや」

そういいながら、すてが鯖の口の中に詰まった糠を指でほじくると、なにかいいたげに鯖の口が開かれ、目はぐっと前方をにらんでいる。鰓《えら》の下からも糠をほじり出していく。空洞化した鯖の頭。食べる者たちに命を与える心意気をもって、鯖が捨て身で近づいてくるようだ。貧しい働く者たちが、海から授かった命なのだ。

「長い航海中の大事なおかずやったんや。水夫らはの、北前船に乗ると白い飯が食えるってな、みんな乗りたがったもんじゃった」

留美が食べてみたいというので、薄く切って囲炉裏の熾き火の上で足のついた網であぶる。焦げた匂いがここの暮しの香りだ。

すては、腰の手拭でしきりに眼を拭った。母のキクに似てきた。品もわけもなく眼をしばたたいた。

「姉さん、わたしゃ、きっとここへ戻ってくるさけね。一枝を嫁がせたし、長太もここへ戻ったし、あと康隆が中学校を卒業かとおもたら、高等学校とかいうところに続いてしもて、一年卒業が延びてしもたんでの。もう少しの辛抱や」

すては、手拭で鼻汁もついでに拭いた。

「きよしさんはお福さんに似てずんぐりむっくりやけどの、利口《りこ》もんやさけ、一枝のことは、なんにも心配せんでいいでの」

すてが何度も同じことをいった。

やがて、着膨れたすてがよろけながら立ち上がる。

「遅ならんうちに帰るわの。あしたの朝、ご飯を炊いて持ってくるさけ」

土間に降りて、爪掛けのかかった古びた下駄を履いた。

「姉さん、転ばんように歩けの」

「おいの。寒うなったとおもたら、雪が落ちとるわ、大降りせんといいがのお」

戸を開けて石段を三つ降りれば、そこにはもう海がある。品とすてが戸口に立って、暗くなった海を見ている。

「今夜は遅いで、明日の朝、ゆっくり家の前の浜へ出てみりゃいいわ」

「今夜は漁火《いさりび》が見えんのお」

「そうじゃ、冬の海は時化るさけにの、めったに出んのじゃわの」

すては懐手のまま背を向けて歩き出す。丸く小さくなった背中を暗がりの中で送る。

暗い海面から、高く盛り上がっては寄せ、寄せては消えていく波頭も闇の中では黒一色だ。風がきつい。落ちてくる雪は黒い針のようになって斜めに海面に刺さっていく。

この寂しさはなんだろうと品はおもった。嫁ぐ娘が親の手元から去っていく寂しさだろうか。嫁ぎ先がおもっていたほど良い条件をそろえていなかったという不安だろうか。どれも違うような気がしていた。家に残った康隆と藤吉のことも心にかかった。なにを食べているのやろ。できることなら、品はこのまま村に残っていて、もう北海道に戻りたくはなかった。

不意に修一のことが意識に蘇った。修一が療養しているはずの三国は、尋ねて行こうとおもえばここから行けない距離ではなかった。修一の病気はよくなっただろうか、元気にしているのだろうか、身をかためたのだろうか。

弟を案じる姉のようなおもいでも、それを誰にも話さず、品は重い玄関の戸を閉めた。

朝、囲炉裏に埋めておいた火種に、みさおさんが用意してくれた乾いた杉葉や薪を差し込んで、火吹竹で吹いた。細かい白い灰が立ち、品の髪の上に散った。小さな種火が少しずつ大きくなって、杉葉から細い枝に燃え移っていく。内に燃えるものがあれば、燃え続けることができる。枯れた杉葉や松葉であっても、己が燃え尽きて次の枝に火を移すことができる。品は久しぶりに炎に力を得た。自在鉤《かぎ》に水を張った茶釜を掛ける。これが安堵できる家の姿であった。七輪に炭を熾《おこ》し、朝食の支度を始める。すてが朝一番に、炊きたてのご飯をおひつにつめて持ってきた。

二階の一間だけで寝起きしていた長太が役場に出勤する身支度をして降りてくる。

囲炉裏を囲んでの朝食は十数年ぶりだ。

雪は大降りにならず、北海道の粉雪とは違って、ぼってりした雪が瓦屋根や木の枝に残っている。今朝の寒さもしばれるほどのこともない。

「お品さん、帰っておいでてたんか」

通りすがりの村の者が覗いて声を掛けていく。帰っている、という言葉が品の胸に篤くとどく。自分の帰る場所がここにある。そして品はまた北海道の土にはなりたくないとおもった。

「長太にも、はよ、嫁をもらわなならんな」

すてが長太の出て行く姿を見送りながら呟いた。

「あの子は、わが身で探してくるやろ」

長太は一枝と違って、自分で見つけた嫁でなければ承知しないだろう。長太が一番自分に似ているると品はおもっている。

「今日は正月の十五日やで、小正月やの。おなごの正月や」

流しで洗い物を片付けている背中にすての声が届く。

「そや、留美、お宮さんに参ってこよう。磯前神社はおなごの神さんをまつってあるで、今日は総代さんや年行事さんが登ってお灯明をあげておられるやろ」

「ついでに、墓にも参ってこいや。長いこと参らんじゃったのやさけ」

「おいや、ねえさん、分かってるとこと」

ひまをもてあましている留美は、やっと目的を得たというように、来たときの長靴にオーバーを着て戸口で待っている。品も長靴にこげ茶色の角巻を着こんで家を出た。

磯前神社は村の一番高い場所に建っている小さなお社だ。石段を数えたこともないが、途切れ途切れに四、五十段はあるだろうか。留美が軽々と石段を登る後から、品はひと足ずつ登る。

薄く積もった雪の上には、すでに人の靴跡が重なりながら残っている。十四年間とは、長くふるさとを離れていたものだ。石段の途中で一息入れ、眼下に広がる海をのぞむ。

冬の海は朝も夕もほとんど荒れている。背後の山から射し始めた光の中を冷気が突き抜けていく。丸く入り込んだ河野浦は、息を潜めた家並みを抱え込んで、孤島のように静まり返っている。

白い雪に覆われた山の斜面には、さまざまの太さの竹が、赤茶けた杉の幹と、ささくれだった松の幹に混じって、滑らかな緑の肌を見せて屹立《きつりつ》している。竹笹が風に乗って大きく揺れ、ざあー、ざあーと互いに呼応しているような音を奏でる。波の音もここまで来ると心地よい。

石段を登りきったところに、いまもお百度参りの石があった。踏まれ続けて周りの土がへこんで、溝のようになっている。藤吉が北海道に渡って、六、七年も離れて暮らしていた時期、品は炒った豆を百つぶ懐の巾着に入れてここまで駆け上り、お百度参りをしたこともあった。

汚れた左右の狛犬も迎えてくれた。境内の真ん中で焚き火をかき寄せているのは誰だったか、品がしばらく思案してから上杉の庄三さんだと気づいた。手ぬぐいで頬かむりした庄三さんは品を見ると、「あっ」というように驚いて手を止めたが名前がとっさに出てこないようだ。

「彦のもんじゃったかな、久しぶりやの」

「そうです、彦次郎の子の品です」

焚き火に近づくと、しゅるしゅるゆれていた煙が、突然気が変わったように品の方になびいてくる。煙でもそむかれるよりはうれしい。久しぶりの煙が眼に沁《し》みる。品は焚き火の前で一息入れると、社の正面に近づいて行った。

お宮の扉は中扉も奥の扉も両側にいっぱい開いていた。先に着いた留美が、賽銭箱の前に立って中に小銭を放り込んで柏手を打っている。

社の奥にいたのは、同じ円福寺檀家の善九郎さんだった。

「ほう、これは、珍しい人がおいでたのう。いつ帰ってきなさった」

善九郎さんが本殿の口まで出てきて、品に皺《しわ》くちゃの顔を向ける。働き盛りだった善九郎さんは、皺ばかりか顔中に染みもふんだんにつけて、白くなった頭を振って歓迎の気持ちを表している。背中がまるい。

「寒い中お役目ご苦労さんでございます。ご無沙汰しております。」

「この子はお品さんの娘かな」

「そうなんです、北海道で生まれた道産子。おとご（末子）ですわの」

品は社の入り口に長靴を脱いで、入り口の段を足袋の底で踏みしめて中を覗いた。社内はおもったより広くて明るい。幼い頃、一度中を覗いたことがあった。あのとき、船絵馬がなんだか恐ろしいほど自分に迫ってきたことが蘇った。

「中に入れてもろてもよろしいですやろか」

「おいの、入って見ておくれの。絵馬もだんだん古なって傷んできての、少し処分しようとおもてるのや」

神様のお住まいに踏み込んで歩き回っては、ばちでもあたるのやないかと品は心配して、恐る恐る歩む。善九郎は絵馬の番人のように、先の曲がって鉤の付いた長い竿を持ってうろうろしている。

「わたしの父親の彦次郎が奉納したという絵馬もあるやろの」

絵馬は雑然と壁のいたるところに掛けてあるが、ざっと見たところ、四、五十枚はあろうか。昔はこんなに易々と神殿の奥まで入られなかったのだ。

「留美、お前も上げてもろて、眼がいいやろさけ、おじじの絵馬をさがしてみておくれ」

留美も長靴を脱いで脇へ寄せて上がり、忍び足で寄ってくる。

「彦次郎さんは、右近さんの船やったかの？」

「はい、右近権左衛門の弁天小新造でした」

「弁天小新造か、色っぽい、いい名前じゃ」

善九郎さんは頬を緩めてふふと笑った。上から下に絵馬を追っていくと、善九郎さんの腰がいつの間にか、しゃんと伸びている。

「奥ほど、古うて、上ほど、これも古いとおもうけどの、彦次郎さんはいつ頃船頭しておったかの」

「ううん……」

これには品もすぐにはこたえられない。

「船頭をしておったのは……たしか、明治十二、三年頃からやったとおもいますけど、いつ頃ぐらいまでじゃろか。陸に上がっても村には帰らなんだんでの、ようは分からんのです」

「わしは、中村三之丞の船やったさけの、時代ももっと後やけどの」

善九郎さんはそういいながら品の傍へ来て、壁の船絵馬にいっしょに眼を移す。

しばらくすると、留美が後ろで声をあげた。

「母さん、弁天小新造・彦次郎というのあるけど、これ違う?」

「どれ、どれや」

留美の指差す絵馬の下に行き、善九郎も腰に下げていた懐中電灯の光を当てる。

「読めますかいのう」

「うん、奉納　明治十五年十一月吉日　海上安全　弁天小新造　願主　垣下彦次郎　大坂黒金橋・絵馬籐」

善九郎さんがつかえつかえ文字をたどって声にする。

「あっ、この船絵馬、私らが北海道に行く前に、ずいぶん傷んでいるのを見つけて、指物屋で直してもろた、あれですわの」

木の枠に納まった船絵馬の舳先に、弁天小新造と染めた幟《のぼり》を掲げ、黒い紋付を着て胸前で扇子を広げて立っているのが船頭だろう。彦次郎の姿に近いのだろう。

「おじじ、ちょんまげを結っているよ」

髷《まげ》を結っているのは船頭だけで、他の水夫はみんな、手拭を被っている。

「船の上に、全部で十二人いるよ」

「そんなら、ざっと千石積やな。帆は二十五、六反やろ」

善九郎さんが留美に得意げに聞かせる。

「おじじが奉納した絵馬は四枚あったと聞いておるで。留美、せっかくの機会だから、残りを探してみい」

他の二枚の船絵馬も留美が見つけた。一枚の絵馬に二艘の帆前船が描かれている。この絵馬の奉納は明治十二年己卯歳とあるから、さきのより奉納した年が古い。

他の一枚も、船はやはり弁天小新造で、奉納は明治二十三年一月吉祥年とある。しかしこの絵馬に描かれた船の帆は一枚ではなく、補助翼みたいな小さな帆を三枚従えた新式の弁天小新造だ。

「この絵馬はちっちゃい帆が三枚もあって、母さんの帆と子どもの帆みたいだね」

留美が喜んで絵馬を見上げた。

「ああ、これは明治二十年くらいから使われだした、和洋折衷船やわの。こまい帆はジブとスパンカーというもんや。うららは合の子船といっておったけどの」

合の子船は堂々としてかっこいい。西洋の絵本に出てくるような華やかな姿だ。

善九郎さんが見つけてくれた最後の一枚は、なんと、船絵馬ではなかった。なかなか見つからなかったはずだ。戊辰《ぼしん》戦争図だった。

善九郎さんが、踏み台に登ってその絵馬をはずしてくれた。木の枠に光を当てて、薄くなった文字を読もうとする。右の枠には明治弐年参月吉日左の枠に戊辰戦争図・勢運丸彦次郎と読める。奉納年次はこれが一番古い。船頭になって、最初の奉納になるのだろうか。天保十四年生まれの彦次郎がまだ二十五、六歳のときになる。

背景に薄い水色で書かれた雲のように見えるのは函館山だろうか。城が燃えている。函館とすれば五稜郭だろう。手前に馬や兵隊の群れ、黒い服は官軍だったか、幕府軍だったろうか、大砲も二台あって、両方から火を噴いている。

なぜ戊辰戦争図なのか。この絵馬奉納はなにを意味するのだろう。彦次郎はどんなおもいをこめて、大阪の絵師にこの絵を描かせたのだろう。戊辰戦争を目の当たりに見たのかもしれない。そして、そこで血を流して死んでいく兵士を目撃したのかもしれない。奉納されている船絵馬全体の中でも、これは他に類をみない異端ともとれる一枚ではないか。変わり者の彦次郎に、品はここでもまた出会うことになったのだった。

鬼鹿の地に父の彦次郎を訪ねて、父親の筆跡による文らしきものと俳句を見せてもらったときの胸の高まりを、品は再びおもいだしていた。

本殿の中を行ったり来たりして、ばらばらな場所にかけられた四枚の絵馬を長い間、見比べてみる。

弁天小新造は大きな白い帆を張って紺碧の海面を進んで行く。舳先《へさき》に三人の水夫、積み荷にかぶせたらしいもっこりした莚の上にも水夫が三人、艫《とも》に踊っているように手を振りかざして空を見上げている水夫たち、どの水夫もじつに喜びにあふれているように見える。絵師がどこまで、依頼主の意を汲んで描いたものか、事実通りに描かれたものかどうかも分からないが、彦次郎の船乗りとしての生涯が決して不幸ではなかったと、むしろ、意のままに生きた生涯だったのではないかと、品はその絵を見ていて感じたのである。

「わたしのような者が口出しすることでもないですが、善九郎さん、絵馬を奉納した方のことをおもうと、少々傷んだ絵馬でも、たぼといて（とっておいて）もらいたいですわの」

善九郎さんについよけいな口出しをしてしまったと、品はいってから後悔した。現にどの絵馬の一枚も叩き割って焚き火に放り込むなどということがいまここであったようにはおもえない。

「ここへお参りさせてもろてよかったですわの。私、父親に会いに来たような気いします」

御本体の入った観音扉は閉じられたままだが、両側に立てられた太い蝋燭の先がたまに揺らめいても少々の風にも危なげがなく立っている。炎が揺らぐと、社もそれにつれてゆれる。品は波に浮かぶ船の中にいて、はるかな海上を航海しているように夢うつつに導かれていく。船が彦次郎の住処だった。藤吉の住処も船であるに違いない。板子一枚下は地獄といわれる住処に寝起きする男には、財も名誉もなにほどのものであろうか。家族さえもあってもないようなものなのではないか。欲のない藤吉の気持ちが品にも少し分かるような気がした。

帰りぎわにもう一度改めて参拝し、長い間参ることもかなわなかったことを詫びたのだった。社の石段を下って山の斜面を回るようにして、途中から墓所に向かった。誰も通らない山路を、じっとり残っている雪道に足を滑らせないよう用心しながら歩いた。道産子の留美にとっては初めて訪れた両親のふるさとなのだが、連れてきた意味があったと、品は後を歩く留美を振り返る。

「河野はどうや？」

「田舎だねえ、わたしはこんなところに住みたくないよ。母さん、どしてこんな不便なところに帰りたいの」

品はなにもいわない。いずれ、ここ一、二年の間には留美がなんといおうと帰ってこられるのだから、品は聞き流して歩いた。

家に帰るともう昼に近い。囲炉裏のそばでありあわせの昼食をとっていると、一枝ときよしさんがそろって顔を見せた。品はふたりに笑顔を向けながら、二人の顔つき、目付き、言葉の端端を注意深く観察していく。一枝はいくらか沈んでいるように見えるが、落ち着いていて控えめなのは普段の一枝だ。観念したのかもしれないが、なんとか二人はこのまま夫婦におさまってくれるようだと見てとった。

品のセルの和服を解いて、一枝が自分で洋服に仕立てた上着とズボンをつけている。胸に斜めに六つついている包みボタンに品の眼が留まる。木のボタンをひとつひとつ、服地の布で丁寧に包み込み、それを服につけていた姿が品のまぶたに焼きついている。見たこともない男のもとへ嫁いでいく一枝が、どんなおもいをボタンに包み込んでいたのだろう。きよしさんは、古着らしい背広の上下だ。体格がいい分、いくらか立派に見える。

「母さんたちいつ帰るの」

「後、三日居るつもりやけど。お前の方はどうや」

お前は大丈夫か、やって行けるか、という気持ちを込めて品は一枝の眼をとらえた。一枝は幼い頃から争いごとを好まない娘だった。一枝の眼には、母親の気持ちをくんで、誰をも疑わず、真っ直ぐ運命を受け入れる知恵と覚悟が、すでに秘められていると感じた。

「きよしさん、どうか一枝のこと、頼みます」

「はい、なんにもご心配せんといてください。自分がおりますゆえに」

苦労人で情の深い人のようだ。品は涙ぐみ深々と頭を下げていた。

「品、ちっとも案じることはないのやぞ、一枝には、きよしさんも長太も、わてもついとるのやからな」

すてが締めくくった。

武生まで送りたいという二人の申し出を品は断った。いずれ近いうちには北海道を引き払って帰るつもりだといい、品は涙ぐむ一枝ときよしさんを帰した。

二人が帰ってみると、ひどい寂しさがまた胸に迫ってくる。品は懐の手拭で涙を押さえ鼻をかんだ。囲炉裏のそばで火の番をしているおだやかな顔のすてを、品は恨めしく見つめた。

「右近権左衛門の大奥様の、今年が何回忌やったかやらで、春に大きな法事をされるらしいぞ」

すてだけが、機嫌がいい。

「お前は、大奥様によおしてもろたんじゃさけ、少し早いけんど、わけいうて、線香上げさせてもろたらどうじゃ。めったに来られんのやさけ」

品は救われたように囲炉裏に寄った。

「そやの、姉さん、わたし気がつかなんだわの。屋敷にはどなたがおいでるんやろ」

「右近さんは、北前船が下火になると、海上火災保険たらいうのに鞍がえしての、それがうまくいったんじゃろ。ご家族はみんな東京で暮らしてござるわ。まだ仏壇が置いたままなんで、空き家にしておくわけにもいかんとみえて、大番頭だった木下さんの息子が、夫婦で詰めてござるわの」

すてと品は囲炉裏のそばで、二人が姉妹だった小さい頃をおもいだしながらそんな話を交わした。

村にたった一軒ある酒屋で線香の箱詰めを買い、お供と書いて、それを持って品は右近家を訪ねた。

右近の本宅の門から出てきた木下の息子は、背が高くて、鼻も高くて、なかなかの男前である。訛りのない標準語で人をそらさぬ対応振りだ。

仏間にあがって、拝ませてもらった。仏壇の花は新しく、ご飯も朝お供えしたものらしくふっくら盛り上がっている。蔵の管理も任せられているようで、旦那様の指図で所蔵品の目録も作りかけているそうだ。

品は右近家の弁天小新造の船頭だった父、彦次郎のことや、鬼鹿での出来事などを調子にのって話したのが、若い管理人の関心を引いたようだ。

「古文書が蔵ひとつ分はございます。とても手前ごとき素人の手ではなにもできはせんのですが。もちろん古文書の解読は専門家に依頼することになりますが、その前段階、つまり、茶箱やつづらや、長持ちの中に雑多に放り込んである古文書を出してですね、湿気や虫食いの有無を調べてざっと整頓保管すること、これだけでも並大抵の仕事でないんでございます」

品はうなずき真剣に耳を傾けている。

「そん中に、彦次郎の書いた文書もあるんですやろの。見たいもんですわ」

「興味がおありのようですね、こんど、役場に就職された息子さんの長太君とも、話しておるんです。北前船を、どういったらいいか、そう、村のシンボルにしたいと」

シンボルとは、村の看板にでもしようということだろうと品は解釈し、管理人と品は話がはずんだ。

銘仙の着物に半巾帯を締めて、茶と菓子を運んできた木下の妻に品は訊いた。

「町のお方ですか」

「武生から参りました」

「右近家のおなご衆は昔から礼儀作法を厳しくしつけられましてね、大阪から取り寄せた作法の本を見せてもらったり、手習いを教わったりしたもんですよ。私は大奥様に仕えさせてもらいましたが、大奥様はそれは上品なお優しい方でした」

「はい、伺っております。能登の格式ある家から嫁いでこられたとか、そのとき乗ってみえた立派なお駕籠も蔵に残っております」

「彦次郎の文書ならなんでもかまいませんが、一枚でも二枚でも、ちらっとでも見せていただくわけにはいきませんか」

おもい切って品は木下に話してみる。

「ううん、いますぐにというわけには……だいたい年代順になっていますが、いずれ、分かったら長太君にでも話して見てもらいましょう」

「いえ、その……私はここ二、三日のうちに北海道に帰りますんです。できれば、村にいる間にと」

なぜ、ここに戻ってくるまでの一年や二年、待てないのだろうかと品は自分自身をいぶかった。

「分かりました。私もちょうど、古文書を分類しているところですから、明日の午後もう一度来てください。私に分かる範囲で集めてみましょう」

そして、木下は彦次郎の死亡年月日を確認した。

翌日、品は帳面と鉛筆を入れた袋をさげて、身を堅くして右近家を訪ねた。

導かれた奥の部屋いっぱいに、黄ばんだ文書の数々が広げてある。品が予想していた以上に多い。彦次郎の署名がある文書は、差引勘定書、書簡、売買仕切など、ざっと八十三件あるという。

木下の説明は要領がよい。品が尋ねた。

「あなたさんは、ここにおいでるまで、どんなお仕事をなさっておいでたのですかね」

「私は銀行員でした。父が亡くなってから、大旦那様に頼み込まれまして。こちらに帰ってくる決心をいたしました」

「明けても暮れても、上司の顔色を窺って、人様のお札ばかり勘定している仕事にうんざりしていたのも事実なんです。父は幼い頃から死ぬまで右近家で面倒を見てもらったようなもの、私でお役に立てるならと。それに、古文書にもいささか興味がありましてね。辞書や解説書をたよりに、権左衛門の書簡だけでも読めたらと、いま勉強しているところです。個人の筆跡の癖をのみこみますと、なんとか読み解くこともできそうで」

彦次郎の書簡は全部で十九件あった。ざっと見たところ、とても品の手には負えそうにない。

「どれか、短そうな手紙をひとつ……」

彼が物色している。

「彦次郎さんはなかなか文章がたったと見えて、どれも長いものばかりでねえ」

「下手のだらだら書きですやろか」

「これなど、比較的短い文面です。私も、ところどころ読める程度ですが」

中のひとつを取り上げてきて、品の膝の前まで持ってきた。彼の指差す文字を眼で追いながら、よく響く彼の声にも注意を集める。

「日付は明治二十年九月二日。差出人は小樽港町・田中武左衛門方・小新造彦次郎。宛て先は越前国南条郡河野浦・右近御旦那様。平信要用書。

一書進呈仕り候・時に残暑去りがたき所、先ず以って、御貴家益々御機嫌之遊、御多祥大慶の至り奉賀壽候履に小生無事昨夜当地へ入船（六字読めず）仕候（五字読めず）就は・栄好丸・永昌丸・善喜丸其昨日無事着候（十一字読めず）永寿丸の儀は日和次第古宇郡へ廻船の都合に御座候・永昌丸の儀は焼岸郡へ廻船し・都合（九字読めず）下り物陸上げ仕り候也・その他三艘は余市へ・下り物陸上げ次第廻船（三字読めず）御座候（五字読めず）当春の刀禰御主人様不意にご病気（二字読めず）後養生叶わず終にご往生遊ばされた被居候・叫後家内後一統御心傷（三字読めず）限りと推案仕り候誠に天命とは申しながら実に御気毒の至りと存じ奉り候早速お弔いに向う筈の所（あとはほとんど読めず）（飛び飛びに読める文字は怒・ご宿先・成して候・先は御悔、……）

九月二日

小新造彦次郎

右近御主人様

「この程度しか、いまの私では読めませんね」

品は言葉なくしばらくじっとしていた。ただ深々と頭を下げた。木下管理人のみならず、この家に深く漂っていると感じた家魂といってもいいようなものに、品は深く頭を垂れたのだった。

「この手紙にある刀禰のご主人は、権左衛門の実弟に当たるのです。刀禰家に養子に入られたのです」

管理人が系累を説明してくれる。

品は、あたかも亡くなった父をそばに呼び戻してもらったように感じていた。品はひどく疲れを覚えた。

礼をいって、笏谷石を敷き詰めた玄関に降りた。品の背後で両手でなければ閉まらない漆塗りの戸が、敷居とこすれるかすかな音を引きずって管理人によって閉じられた。品は現実の世界に立ち戻ったような気がした。

振り向いて、戸に手を掛けて引いてみた。もう戸はびくともしない。

冷気が頬に当たり首筋が冷たくなってくる。右近家の座敷は火の気もなかったのに、寒さなど感じなかった。

木下さんへのお礼は、留萌に帰ったらバターでも送ろうか、それとも鰊か鮭の燻製にしようか、などと思案しながら品は家に戻った。

間もなくこの村へ帰ってくる。そうおもうだけで、これまでのような村を離れる悲壮感は感じられない。

翌々日、品と留美は長靴を草鞋《わらじ》に履き替え、ごく身内の者に見送られて、逓送を仕事としている健脚のみさおさんに付き添ってもらって、冬の間はバスも通らない河野から武生までの四里の道に踏み出したのであった。

品の耳に、群れて吠えたてる獣の鳴き声のように、波の音がいつまでも残っていた。

ポプラの夏

粉雪にまみれた列車が、ラッセル車に引かれて、留萌の駅に着いた。品と留美が越前から帰ってきた。

夕暮れだった。風にあおられる白一色のホームに、二人を待っている藤吉の姿がある。

「父さんが、迎えに来てる」

留美が黒い外套をまとった藤吉のそばに駆け寄った。電報で帰る日を知らせておいたが、迎えに来ているとはおもっていなかった。嫁がせた一枝を置き去りにしてきたようなおもいで、ずっと汽車に揺られていた品は、これまで感じたことのない寂しさで藤吉を見上げた。

「苦労だったな、疲れたただろう」

藤吉の優しささえも悲しみのように感じられる。

北の果ての極寒の地は日暮れ、粉雪は降り止まず、駅員の姿も淡く遠ざかっていく。堅く凍った道を、長靴の先で粉雪を跳ね上げるようにして歩きだす。寒気は両頬や両手の指や足先から、そくそくと全身へ流れ込んでくる。吐いた息が生暖かく一瞬鼻先をかすめて消える。駅前の街灯が、ぼんやり滲んでいる。やっぱり北海道はすべてが内地とは違う。

荷物を肩にして、黙々と先を歩く藤吉の後に留美が続き、品が二人の足跡をたどる。藤吉の残していく足跡は、歩幅も靴跡も彼の背丈に見合ったもので、品がその跡を歩くには少々力まねばならなかった。しかし二人の靴跡から逸《そ》れまいと歩いた。

十五年前の浅い春の陽の午後、初めてこの地に一歩を踏み下ろした日、あの日も藤吉が迎えに来ていた。脇をすりぬけていくやん衆の交わす東北弁を、異人の言葉のように聞いていた。

駅前の大通りにも人影はなく、三人は黙って歩いた。

神社の手前で、雪をかむった鳥居をよけるように右に折れると緩い登り坂になる。先を歩いていた藤吉が急におもいついたように立ち止まった。肩越しに覗き込んで声を掛けてくる。

「小正月の十五日に、日の出丸の修一が訪ねて来たんだ」

「えっ、機関長の」

品はとっさに問い返していた。

「あの川底修一が来てくれたんだ」

「家にですか」

「うん」

藤吉が、首だけ後ろにねじるように向けてしゃべる。息が白い生き物のように、品の行く手で揺らいだり切れたりしながら消えていく。

「病気は治ったんでしょうか」

品は普段より大きい声で藤吉の背中にいう。

「顔色もいいし、肥ったように見えた。なんだか羽振りがよさそうだったぞ」

「そうですか」

「新しく小樽にできた葡萄酒工場で働いているそうだ。その葡萄酒を下げて来たわ」

声は、雪の坂道を行く速度に合わせて、冷気の中に置き去りにされたように落ちていく。

たった一度、病院のベッドの上の修一が、熱い手で自分の手を握ったというそのことをおもいだすだけで、品はどこか体の奥の芯が熱くなってくる。修一から遺品のように手渡された小型の書物を留美が見つけて、いつの間にか読書好きの彼女の愛読書になっていた。修一が本の中にはさんであった『薔薇』の詩は、小熊秀雄のものだと留美に教えられた。留美の担任教師が、小熊秀雄の詩をガリ版刷りにして配ってくれていたのだ。それを品も見せてもらった。小熊は不幸な生い立ちと貧困の中で、有為転変の生に立ち向かった北海道の詩人だという。その人の詩をずっと修一も読み続けていたのだ。

突然降って湧いたような修一の話を聞いてから家までの雪道を、品はずっと修一のことをおもいだしながら歩いた。会わずにすんだことが惜しいような、これでよかったような、妙な気持ちで落ち着かない。たったいままで、品の心を占めていた一枝のことが頭から離れている。なんという身勝手な、移ろいやすい心を抱えていることか。角巻の中でおもわず身を縮めた。

家に着くと、長身をかがめて康隆が戸を開けた。茶の間に赤々とストーブが燃えている。

「ろくにご飯もたべなかったんでしょ、顔が細くなったんでないの」

電灯の下で康隆を見上げて品が案じ顔になる。

「そんなことないよ、父さんがちゃんとメシ食わしてくれたから」

真冬のこの時期、船が二週間ほどドック入りする間、藤吉は家にいて、編み物をしたり、ラジオを聴いたり本や雑誌を読んだりして過ごす。こまめに炊事もできる人だ。

藤吉と康隆がこしらえてあったのは、湯気の立っている三平汁だ。ストーブの上の大振りの鉄鍋から、大根も鮭の切り身もネギも白菜も、汁といっしょに丼に掬《すく》い取って、ふうふう冷ましながらすすった。冷え切っていた躰が内から温められ、四人の顔がふっくら赤くなる。

「父さん、お酒つけようか」

酒を満たした銚子を、煙突の曲がりの上に掛けてある小さなやかんの中に押し込む。

「婿のきよしさんは、まじめそうで、がっしりした体格の人でした」

品は、藤吉に報告しなければならないことをいっぱい抱えているのにうまく口にでてこない。

「道中、眠れなかっただろう、晩飯を食ったら、もうなんにもしないで早く寝たらいい。疲れた顔してるぞ」

「さすが、北海道の寒さは、刺し通すように身にこたえるねえ。内地の寒さは、これに比べるなら緩いもんだね」

すでに外は零下だろう。ピシッとしばれる音も聞こえてくる。藤吉が茶箪笥の上のラジオのスイッチを入れた。ラジオは明日の天気予報を報じている。

台所の片付けを終えて仏壇の前に行ってみると、ちゃんと扉は開かれ、水もご飯も供えてある。

「ああ、仏壇を、毎日開けてくれたんだね」

品の後から康隆の声が追ってきた。

「俺、毎朝ご飯と水を供えたからね。辰次兄さんがこの中にいるんだから。戦場では、ろくにメシも食べられなかったべさ」

品がろうそくに火をともし、線香を立て、静かにリンを鳴らした。このリンの音が好きだ。濁っていた心が澄んでくるのだ。しかし今夜はそうはならない。品はリンの音が消えてからも、また小さく二つ鳴らした。

澄んだ響き、滲みこんでくるような。音は言葉をもたないけれど、静かに長く残っていて、気持ちをゆり動かして、溶けるように消えていく。

一枝の結婚式のことを、藤吉に語らねばならないという品の素振りに、

「なんも今夜でなくてもいいべさ、ゆっくり聞けばいいから、明日もあさってもある」

藤吉は、ストーブの上でたぎっているやかんの湯を、ユタンポの中に注いでいる。白いネルの袋にユタンポを入れる。

「熱いから、気をつけて持てよ」

留美がユタンポを抱えて自分の部屋へ行く。品はなかなか寝付かれなかった。

藤吉も品も同じ海辺の村の隣りあう部落で生まれ育ったのに、どうして、藤吉はふるさとにたいして冷淡なのだろうかと品は考えていた。帰るべきよりどころを、藤吉は己の中にもっているのだろうか。

父の彦次郎もふるさとへは帰らず、未開の地ともいえる鬼鹿で死んだ。彦次郎には帰りたくても帰れない事情があったと分かってきた。

修一は……修一もやっぱりふるさとを離れて北海道に渡ってきた。確かに彼にもふるさとがここちよい場所ではないわけがあった。修一の母親は三国の海産物卸問屋の主人の囲われ者だったから、出生からして修一は祝福されない存在だったに違いない。

ふるさとは、どうして自分にとってだけ、こんなに帰りたいとおもわせる恋しい場所なのだ

ろう。自分は鮭の生まれ変わりかもしれぬと品はおもう。

ふるさとになにかを求めているのだろうか。血なのだろうか、地の縁なのか、風景なのか、人なのか。それならここで生まれた留美はどうだろう。この地を留美は恋しい場所とおもうのだろうか。こんなことを考えていると、やっと品の瞼《まぶた》は重たくなった。


生まれてからこの方、医者にかかったことのないほど健康だった品が、市制がしかれて町立病院から市立病院へかわったそこへ、診察を受けに行く決心をしたのは、体の変調がどうも普通ではなかったからだ。月のものが不順になったのは更年期を迎えたせいだとおもい、血の道の漢方薬を求めて服用していた。しかし腹痛を伴うようになってきた。

新しい病院の窓口で受付けを済ませて、産婦人科へ回った。診察室の前の長椅子には、働き疲れた不機嫌な顔の女たちが、体を牝牛のように投げ出して視線もぼっとして腰掛けている。どの女の顔にも生気がなく、息をすることさえも負担に感じているような表情だ。

ここ十五年くらいの間に、五人の子どもを産み育ててきた自分は、産む意思というものを自覚していたのだろうか。いまさらのように、品は女としてたどってきた過去を振り返らないではいられなかった。

身ふたつになればめでたいといわれ、娑婆へ出たとたん泣くことしかできぬ小さな生き物を、ただ守らねばならぬ本能に突き動かされて乳を含ませ、鶴が己の羽を抜いて錦を織るように小さな命を育てた。明日も生きねばならない気力は一晩眠れば湧いてきた。本当は幸か不幸かなど、考えてみるいとまさえなかったのだ。

品を内診したのは、中年の神経質そうな感じのする男性の医師だ。黒いペンを指の間にはさんで、おもちゃにするように動かしながら、下を向いたまま品のいうことを聞いている。

「内診台にあがって」

とがった顎をしゃくるようにしていう。品が観念して立ち上がると、年配の看護婦が優しく誘導してくれる。

「力を抜いて」

医師にも看護婦にも何度もいわれたが、品にはその単純な動作が難しい。今日まで何事によらず、力を入れっぱなしで生きてきたのかも知れないのだ。

眼を閉じて、意識を己の躰から逸らそうとして、凪いだ海の水平線を瞼の裏に描こうとする。穏やかにまるみを帯びて左右に伸びている遥かな水平線。ふるさとの海辺の村の光景を描いている。

内診台を降りて衣服を整え、また気難しそうな医者の前に堅くなって腰をおろした。

品は医者のとがったあごのあたりを横から見つめていると、予期せぬ言葉が耳に飛び込んできた。

「子宮癌ですなあ。手術です。早い方がいいだろう。が、ここではできない、札幌の北大病院で手術を受けてもらうことになる。明後日もう一度身内の人と来るんだな。北大の方と連絡をとって入院の手配をしておくから」

医者は、明日の天気を予報するように予告をする。厄介者を追い払うようにも聞こえる。品は、ぼうっとして医者の乱暴な言葉を聞いていた。明瞭簡潔、少しの危惧も抱かせないその断定に、品はひと言も発することができなかった。

夕方になって、帰ってきた子どもたちにも癌の手術のことは口にできなかった。藤吉が聞いてくれるかと待っていたが、いつもの無口のままだ。夕食の後に、品の方から切り出した。

「子宮癌だって、札幌で手術しないとだめだって」

「そうか」

ひと言を発したまま、藤吉はストーブの中をデレッキでかき回している。粉炭を少し掬って放り込んだ。しばらく二人はだまってストーブの火を見つめていた。

六月に入れば、さすがに火力で暖をとるほどの寒さではなかったが、夜はまだ冷え冷えとしていて、内地での火鉢代わりにストーブの火は絶やさないのだった。

「手術はいつだ」

「まだ分からないけど、できるだけ早くにと」

「長太にも、一枝にも知らせねばならんな」

「来てもらうんですか」

「付き添いは一枝に頼んだ方が、お前も安心だろう」

そんな会話を交わしているうちに、平常心だった品が、間違いなく一人の病人になっていった。

もし手術が無事終わったなら、躊躇することなく越前の村に帰ろうと品は心に決めた。

入院の日が知らされると、品は病人とはおもえない段取りの良さで準備にかかった。

「病気のお陰でさ、生まれて初めての経験ばかりさせてもらうよ」

旅行にでも出かけるように、下着や身の回りの物を入れたトランクや風呂敷包みを眺めて、むしろはしゃいでいるようにさえ見える。

「医者に診てもらうのが初めてなら、父さんと二人きりで汽車に乗るのも初めてだよ」

藤吉も康隆も留美も、そんな品を少し不思議そうに見ている。

「タクシーに乗るのも、入院するのもそうだけど、寝台で眠ったり、麻酔をかけられたり、腹を切られたり、なにもかも、初めてだしさ」

家から留萌の駅まで乗ったタクシーの中でも、品はいっそう饒舌になり、無言の藤吉に伴われて札幌の大学病院へ入院した。

家には学生である康隆と留美が残った。留美は、春に中学二年生になったが、まだ生理がなかったし、生理や子宮のことさえも正確には分かっていなかった。

季節は初夏、周りは深い緑に彩られている。すずらんとアカシアは柔らかい緑の中でこそ、清清《すがすが》しく輝く。花は丸みと陰影にかたどられていく。なにも持たない白は単純なだけれど、たくさんのものを抱え込んだ後に、本当の純白にいきつくのだろう。純真、純愛、純情の純も、潤を抱え込んで本物になるに違いない。留美に教わった小熊秀雄という人の詩の中にそんな意味の詩があったような気がする。品は白いベッドと白衣の人々に囲まれながら、すずらんの花やアカシアの花のかたまりを、病室の天井に描いていた。しかし、ふるさとに戻ったら、海の深い藍が品の一番好きな色になるはずだ。品は生まれて初めてのベッドの上で、そんなことを考えていた。

手術は同じ日に十一人行われる。品が一番最後の十一番目であることも分かった。

患者たちは北海道のさまざまなところからやって来ていた。同室の六人はもうすっかり打ち解けていた。倶知安《くっちゃん》から来たという大柄な塚本さんは、十番目に手術を受けるというので、なんとなく品に親しみを覚えたようだ。子どものことや暮し向きの話など、隠し立てもなくしゃべり大声で笑った。貧乏暇なしの日常から、息抜きにやって来ているというふうにさえ見えるのだ。

「どんな名医にかかってもさあ、だめなときはだめだべさ。寿命はわが身で決めるものでないっしょ」

塚本さんの本心かどうか。塚本さんもやはり手術を受ける順は重症の順で、最後の手術になる二人は症状が軽い方なのだと、おもい込んでいる様子だ。

手術を三日後にひかえた日の午後、品のところに二人の見舞い客があらわれた。

一人は、少し恰幅がよくなった川底修一だとすぐ分かった。横になったまま見上げる修一の全身はとても眼をあけてはいられないくらいまぶしく感じられる。かつてはこのそっくりな体勢が全く逆転していたのだ。

ベッドに横たわった痩せて青白い顔の、追い詰められていた男が、いま社会に復帰し、そのとき病院に通って身の回りの世話をやいていた品が、病人となって横たわっている。

修一は三国港の海産物屋当主だったという父親の血を引いてか、品のいい背広姿で立っている。いっしょに連れてきた隣の男を指し示しながら、

「この男、誰だか分かるかね、おかみさん」

謎解きの答えを待つように、品の顔を見つめている。

誰だったか品はおもいだせない。見たところ、三十過ぎの商人風の男だ。焦げ茶の背広姿が

どこかぎこちない。男がいたずらっ子のようにはずんだ声で語りだした。

「柱時計を背中にしょってた上の坊も、桟橋でころんで私の背中に負われた坊も、いや、まだいましたな、おかみさんの背中にもお子がくくりつけられておりましたが、みんな大きゅうなられたことでしょうの」

品の眼から涙があふれ出る。忘れようもない、内地から北海道に向かう道中で心を寄せ合った少年、小樽の叔父さんを訪ねていくという、鳥打帽をかぶった田舎じみた少年の姿であった。

「おお、あのときの能登からおいでたというお方。おなつかしゅうございますな」

「はい、磯部と申します。おかみさんも、この度はご心配なことで……」

「こうして、また逢わしてもらうなんて、おもうてもおりませなんだのに、よう尋ねておくれなさったのう」

それは修一にも、この磯部という男にも、品が心からいいたいことだった。

連絡船の中で船酔いに悩まされ、半病人のようになって畳の上に横たわっていた朦朧とした記憶が蘇る。あの船酔いが、品の北海道になじめない気持ちの元にあったのだろうかと急におもい至ったりもした。

何故、修一と磯部は知り合ったのか、また品の入院を何故知ったのか、修一に家族はいるのか、品には聞きたいことが山ほどあったが、もうそれらは知っても知らなくても大したことではなくなっていた。いま目の前に在ることだけで品は十分だった。

「磯部家はもともと、私の母方の親類筋にあたる家なんですよ。母は陰の人でしたから、親類づきあいはほとんどなかったのですが、わたしが小樽に行くようになって、同郷の者同士、どこか匂うんですね、人伝てに知り合って、いまは家族ぐるみの付き合いです」

「家族ぐるみ……」

「といっても、磯部君のところは、子沢山でね、私は独り者ですよ、結核療養所で知り合った人としばらくいっしょに暮らしたけど、亡くなりましてね、それ以来、気楽な独り暮らしに慣れてしまって」

理想があるといって手渡してくれた、あの小さい書物のことを修一は覚えているだろうか。品はすべての想いを瞳の奥に秘めたまま修一の眼を捉えた。瞳の奥は暗く深かった。決して卑しくはない人間の瞳だ。

猫でも、人に媚びるときの目付きは卑しい。修一と藤吉、この二人に共通しているのは卑しくはないということかもしれない。十分有り余るからではなくて、貧乏していても卑しくはない。これは学もない品が学んだ人間を計る物差しでもあった。修一の瞳の奥に、歳を経てもなおそれが失われず保ち得ていると品はみた。

「船長さんは」

ひとしきり、磯部から能登の村の話をきいていると、修一が尋ねた。

「郵便局に電報を打ちに行ってもろたんですけど、福井に嫁いだ娘に付き添いを頼むんでね」

「手術はいつ」

「しあってです」

病名も病状にも、修一は触れない。

「おかみさんは根が丈夫だから、こうしていてもとても病人には見えないですよ。自分の方が不健康みたいで」

「その後、病気の方は、どうなんですか。健康そうに見えますけど」

「そうですか」

修一はかすかに皮肉な笑いを浮かべた。

「今度の戦争で、福井の受けた戦災もひどいものでした。自分が見たときには、市内一面焼け野原でした」

「わたしも、次男の辰次を沖縄戦で亡くしてもてね」

「船長さんから聞きました。ほっそりとした静かな息子さんでした」

品は半身を起こした。手を貸していいものか、修一は逡巡するように差し出した両手を、掛け布団の端に添えそっと持ち上げている。

「自分はアメリカという国にいいたいこともあるけど、あの国の外科手術で助かったようなものです。そんな結核患者が、自分を含めて何人もいますから、心底あの国を憎む気にはなれないんです」

「アメリカの兵隊だってたくさん死んだしょ。その人らにも親や兄弟や嫁や子どももいるに違いないのやし、戦争起こして一番得するのはいったいだれだったべかと、時々おもうんです」

修一はその問いに答えられないはずはない。書物を読み、理想の社会に変えるべく活動して追われる身となった修一なのだから。いまも修一はその理想を追い続けているのだろうか。彼はなにもこたえない。

婦人科の病棟に男はどことなく居づらいものだ。

「手術が無事終わって留萌に帰ったら、また訪ねますよ。躰にいい葡萄酒を持って」

二人が引き上げた後に、品には似つかわしくないほど華やいだ花と果物籠が、床頭台《しょうとうだい》の上に残された。こんな町式の作法に慣れていない品には、いっそう自分の姿がみすぼらしく感じられる。

しばらくして病室に戻ってきた藤吉は、それらを見ると、すぐに見舞い主を悟ったようだ。

「やっぱり、修一君が来たのか」

軍属時代のカーキ色の詰襟の上下を律儀に着込んだ藤吉が、持て余すような目付きで見舞い品を眺めている。

「都会の風に触れた、学のある男はなア……」

「わたしの入院がどうして分かったんだべ」

果物と花から立ちのぼる甘い香りが、病院特有の匂いを覆うように広がってくる。

「彼は小樽ワインの売り込みに、札幌や旭川に出かけて、留萌にも来ていたんだ。外国船の出入りする港の酒店や飲み屋にも。ついでに伊藤船舶にも寄って、俺のことを聞いたらしい」

藤吉と修一は、かつて、日の出丸の船長と機関長というかかわりであった。身寄りのない修一の入院中に、品が世話をしたのだ。病は結核だった。彼が品のやって来るのを、待ち望んでいると感じられてから、品はひたむきに介抱する気になっていた。庭の鉄砲百合を一輪、空き瓶にさして枕辺に置いても、修一は控えめな喜びを示した。焦げてしまった厚焼き玉子や鰊漬けの一切れを、器のふたを開けるなり、大事そうに箸にはさんで、味わって食べてくれた。

修一から庶子として生まれたことを明かされ、遺言のように一冊の書物を手渡された。そして修一は叔父だという人に連れられて郷里の三国へ帰っていった。再び、生きて逢えるなどと、品はおもっていなかった。今度は品が病人として修一の見舞いを受けるなどと、想像もできないことだった。

「機関長さん、りっぱになられてね、しかも健康そうで」

「あいつは、なんといっても、東京で学問を積んだ男だし、父親というのも、町の有識者だったというしな」

「いっしょに来てくれた磯部さんという缶詰工場の人、わたしらが留萌に渡る道中、ずっといっしょにいて、妙に人懐っこくて、能登の実家にもこんな弟妹がいるといって、辰次や康隆の世話も焼いてくれたんです。あのときは、まだ学校出たての坊やったのに」

病室の窓から見える空は、少しずつ日差しを翳《かげ》らせていく。光は威力を失い夕暮れに変わろうとしていた。藤吉が窓のそばに歩み寄った。広い院内の道路の向こうに、アカシアやポプラの葉叢が、太いレールのように連なっている。

「夜は、雨になりそうだな」

窓を向いたまま藤吉がぽつりという。

「父さんも、機関長も、傘をささない人だったね。雨の中を平気で濡れて帰ってきたねえ」

「船乗りに、傘など、邪魔なだけだ」

ややあって、藤吉はベッドの方に向き直ると呟いた。

「修一は、裕福そうだ。変わったな。多分、思想的にも……」

藤吉のいいよどんだ言葉を品はおぼろげに察した。

楽に暮らせたときなどこれまでにもなかった。それでも借金もせずにこれたのは、家族が健康であったからだ。生まれ育った生い立ちからして、贅沢など望んでもいない。貧乏は少しも恥ずかしいことではなかった。しかし、病気、入院、手術、それが自分の身に起こったいま、治療するには、金がいるのだとおもうと、品はゆっくり寝ていられないような気がしてくる。

「入院や手術の費用はどれだけかかるんだべ、父さん」

「そんなこと、病人のお前が心配しなくてもいい」

手術前日に、長太と一枝が越前から病院へ着いた。札幌の駅から真っ直ぐここへ来たので、長太はトランク、一枝も古めかしい旅行カバンを持っていた。ベッドに半身を起こして品は二人を迎えた。

「お義母さんが、持って行くようにいいなさったんで」

それはカバンとその中身のことらしかった。気がかりだった一枝の様子はと見ると、長旅の疲れか、大儀そうな足の運びではあるが、頬のあたりがふっくらして少し肥ったようだ。案ずることもなかったかと品は安堵したのでもあった。

病院食をとる品を、藤吉も長太も珍しそうに眺めている。一枝は、カバンから新品の割烹着を出して身支度し、付き添いの役割を果たそうと寄り添ってくる。一枝は駅弁の残りを食べ、男たちは食事のために町へ出て行った。

「河野ではみな息災なんやろ」

「うん、わたしらの家の地鎮祭がこの、二十日にあるんや」

「そうか、悪いことしたな、福さんは気持ちよう出しておくれたか」

「わたしのこと、とても、大事にしておくれて、もったいないくらいや、母さん」

「そうか、そうか、それはよかったな」

品はもう一つ、後に続けようとしていた言葉を飲み込んだ。一枝をひと目見たとき、もしやと抱いた疑問を口に出せない。品の予感が当たっていたら、姑やきよしさんの手前、のうのうと一枝に付き添いを頼むわけにはいかないだろう。品は、麻酔から蘇ってせめて歩けるようになるまで、一枝にそばにいてもらいたかったのだ。女の病のせいもあった。

「躰をいとうてな、大事にしてな」

精一杯の言葉を掛けた。一枝は、はっとしたように品の顔を眺め、わずかに照れた笑いを浮かべた。そして、あわてて力をこめて返した。

「なにいってるのさ母さん。大事にしなければなんないのは、母さんだべさ」

品も笑いを浮かべた。死にたくはないと、品はそのとき強くおもったのだった。

手術は成功した。

品は一日一日目に見えて回復していく。十一人の中で、一番早くおもゆが与えられた。一週間たって、抜糸も終わった。藤吉の顔が一番晴れ晴れとしている。同じ日に手術を受けた者の中には、高熱に悩まされたり、傷口が膿《う》んでいたりと、すんなりと回復に向かっている者ばかりではないようだった。付き添い同士の立ち話からも、様子は伝わってくる。品は運がよかったと感謝しないではいられなかった。

長太は、病人は大丈夫だとみて越前へ帰った。一枝が洗い物を抱えて洗濯場に行くと、藤吉が話し相手にでもなろうというように枕元に腰を下ろした。

「これまで、母さんに苦労をかけてきたな。働きづめだったから、ここらあたりで一休みせよ、ということだ」

「苦労だなんて。五人の子を授かって、姉妹じゅうで、一番果報者だとおもっているよ」

藤吉は訥々《とつとつ》と言葉を続けた。

「俺は、飯炊きで船に乗って以来、鰊や昆布の買い付けで、しょっちゅう北海道を行き来してきた。だから、村で最後の北前船を下りたとき、迷わず北海道行きを決めていた」

「父さんが、北海道に渡るといったときには、びっくりしたよ。鬼鹿で死んでしもた父親の二の舞かと、心底ぞっとしたんだから」

品は天井に向いていた顔を藤吉の方に向けていく。こんな会話を、かつてしたことがあったろうか。

「あの頃の俺には、北海道はやっぱり、未知の原野、神秘の海原だった。きっと彦次郎さんも、修一も、同じ想いで渡ってきたんだろうなぁ」

「そして、六年後には、家族を呼び寄せるというんだから、またたまげたよ」

ぎこちない空気を北海道弁で受ける。

家族を呼んでおきながら、憑かれたように海に出て行く夫を、身寄りもない慣れない土地で、品は不安にかられながら黙って送り出した。

夫は、海のかなたに浮遊する幻でも見ているのではないか。夫にとって、家族は現実に自分をつなぎ止めておくブイにしか過ぎないのかもしれない。そうおもっていても、品は食べさせねばならず、着せねばならず、褒め諭《さと》し勉強させねばならぬ子どもらを抱えている。

「ひと旗あげようと、俺は北海道に来たわけではない。うだつがあがらん男とおもうかも知れないが、たしかにそうだが、これが俺という男だ」

地べたを這《は》うような藤吉の声だ。

「本当はわたし、父さんは欲のない人や。もっとうまいことして、金儲けできるのにとおもったですよ」

「海に出て行く男は、いつも命を落とす覚悟を懐にして陸を離れていく。そんな男に、肩書きも、財産も、重荷になるだけだ。お前は不服かも知れん。だが、波をかぶるような家で生まれてから今日まで、離れがたい海を相手にして、俺は仕事ができた」

夫は、板子一枚を境に、死と生をたゆたい続けて暮らしているのだ。品がベッドの上で生き返ったことを感じたように。

「わたしも父さんの考えに、やっとなじみましたよ」

「諦《あきら》めだな」

藤吉は笑った。

「えろうなって、人を従えなくても、生きている喜びはある。宝物も汚物も抱え込んで、再生してみせる海は、神のような存在だな。海は、生み。行為においては、神の上をいくと俺はおもっているくらいだ。神様の罰が当たるかな」

藤吉の冗談めかした言葉を聞いて、品は涙眼で微笑んでいた。

「俺は、生涯に、無駄なものはなに一つ持ってはいないつもりだ。一介の船乗りで、十分だ」

「そう、父さんの物はなんもない。少々の本と雑誌と着替えがあるだけだもね」

「しかし、一番大事なものは、持っている」

痩せた僧のような藤吉の横顔を、品はベッドの上から眺めていた。無口な藤吉がどうして今日はこんなに話してくれるのか。病のせいなら、一度ぐらい病気になっても悪くはないとおもい、品は泣き顔で笑った。藤吉は翌日病院から帰っていった。

留萌では、康隆と留美が、これも初めて、二人きりで生活するはめになっていた。留美は本好きで、作文で特別賞を取って新聞に載ったこともある文学少女に育っている。長い手紙を書いてよこした。一枝が読んで聞かせてくれる。

バスケットボールの試合のことしか頭になかった康隆は、なんにもしないものぐさで、兄貴風をふかせ、あれこれ命令口調でいばっていたのに、突如急変したというのだ。朝寝坊が、朝そそこに起きて、ご飯を炊き味噌汁をこしらえ、大根おろしをつくる。留美もさっそく丼鉢を持って納屋に入り、鰊漬けの石を持ち上げようとしていると、康隆が来て、どけどけと邪険に留美の手を払いのけて、軽々と漬物石を動かしてくれる。

帰宅は留美の方が早いので、夕食は留美が準備する。母さんが作ってくれた食卓で、これは料理とも呼べないものだなどと生意気におもっていたものが、留美が作るとなかなかうまくできない。母さんが巾着に入れて茶箪笥の引き出しに置いていった小銭を握って、鍋を抱えて、近所の豆腐屋へ行く。揚げと木綿豆腐を買う。揚げは朝の味噌汁に入れ、豆腐は冷奴にして食べる。

「留美ちゃん、料理ができるのかい？　感心だね」

白い割烹前掛けの上に長いゴムの前掛けをかけ、長靴を履いた肥ったおばさんが、愛想良く迎えてくれる。

「あしたの朝の味噌汁はお揚げさんと、ネギと大根もいっしょに刻んで入れるといいよ」

料理の指南までして、新聞紙に包んでうす揚げをひとつ負けてくれるというのだ。馴れない手に包丁を握り、ネギを刻み、ごしょいもの皮もむく。

留美の手紙はこうした留守宅の生活が、長々と綴られている。父の彦次郎が残してあった北前船からの手紙を、品はおもいだした。あれも長いものだった。さすが彦爺の孫娘だと、一枝と品が笑いあう。父さんから手術は成功したと聞き、日曜日に札幌に行くので、二人は遠足かなにかのように、日曜日を待っていると手紙は締めくくられていた。


病室に残った一枝も、外の明るい空気に包まれて気分も晴れ晴れとしていた。看護婦詰め所に一声かけて、午後のわずかな時間を病室から抜け出して、近くの小間物屋で針と糸を買い、帰り際、病院の横手にある北大農場まで足を伸ばした。

広いとうもろこし畑や、えんどう豆の蔓の間に、学生らしい若者が三人ばかり作業をしている。病院の空気とは打って変わって、青臭い草の匂いを久しぶりに一枝は嗅いだ。両側のポプラ並木の、天を突くように燃え上がる緑の葉群は、てらてらと光を跳ね返してひしめき合っている。誘われるように歩み込んだ。土を踏みしめ、ゆらゆら歩いてみる。

自分がいま命の原型のような、小さな柔らかいものを胎内に抱えていることを自覚している。夫にもいわず姑にも話さず、病院で確かめる余裕もなかった。「ハハシュジュツス」の電報に驚いて来てしまったが、自分だけは躰の変調に気付いていた。それは、まだ喜びとはいえず、恐れのような、そして後ろめたいような秘密の塊として抱えているだけだった。だが母は、妊娠に気づいていると一枝はおもっている。今朝も、歯ブラシを口に入れたら吐き気に襲われた。看護が体の負担にならなければいいがと心配になるが、品に打ち明けてしまえば、病人によけいな気を遣わせることになる。

幸いなことに母親の手術は成功し、回復も早いようなので、ひとまず峠を越えたと一枝は一息入れたくなったのだった。ポプラのトンネルはなんともいえず心地よかった。トンネルが切れるところまで行き着いてから、空を仰ぎながら、歩いてきた並木の中を引き返した。大地から波打つようにあふれ出る樹々の連なり、むんむんする生命力、これまで溜め込んでいた疲れや緊張が、一気に発散していくようであった。

一枝が病室を離れたのは一時間にもならない間だった。戻ってすぐ病人の顔を覗き込むと、少し顔が赤らんでいる。額に掌を当てると熱があるようだ。一枝は夫が持たせてくれた男物の腕時計で時刻を確かめた。午後の検温時刻が近い。気分はどうかと声をかける。品は、閉じていた眼をだるそうに開いて一枝を見た。乾いた唇をわずかに動かして、

「熱いな」

とつぶやいた。一枝はすぐ病室の窓を開け、品の肩を覆っていた掛け布団を胸まで下ろした。

それから口を湿らせるための白湯を沸かしに炊事場へ行った。

回復したい一心で毎回の食事を残さず食べていた品が、その日の夕食は、ほんの申し訳程度に箸をつけただけだった。熱は徐々に高くなっていく。氷枕で冷やすようにと看護婦の指示があった。夜になっても熱は下がらず、看護婦がときどき顔を出すことはあっても、医師は訪れてはくれなかった。

「下腹が痛い」

ついに腹部の痛みを訴えた。看護婦が来て傷口をみると、腹部の傷の周りが赤く腫《は》れている。

主治医はあいにく不在だというのだ。夜になって当直の医師が来たが、インターンの学生らしく、それでも別な科の医師の指示で、痛み止めの注射を打って引き上げた。品の痛みはいくらか治まってきた。

「こんなところで死にとうない」

品の眼がつり上がって、ひどくきつい顔になっている。

「垣下の兄さんは、船の上で死んでもた。アメリカの鉄砲の弾に当たってな」

一枝は品に被さるようにして、品のひと言ひと言に深く頷いた。

「辰次は、沖縄のどこで死んだのやろ、そこらじゅうに血流れたやろな。わたしの半分にも足らん命やった、いとしや」

苦痛に歪んだ眼に誰かの顔が映ってでもいるように、品は天井の一点を見つめている。

「母さん、分かったよ、少し眠ったら」

一枝がなだめると、品は素直に眼を閉じた。眼を閉じたまま、また、うわごとのように口走った。

「一枝、お前は子を孕《はら》んでおるのやさけ、大事にせえや。お前の顔がきつうなったさけ、男の子やの」

一枝は顔を火照らせたまま、品の口元を見ている。

「波の音がするわの、八幡崎に出てみよな、弁天小新造の白い帆が見えるわの、おとさんが、船の上で、こいや、こいやと、手招きしているわ」

品は腹部の痛みをこらえていた。妊娠している一枝の前で、見苦しい姿を見せたくはなかったのだ。

一枝の打った電報を見て藤吉が病院に駆けつけたとき、品は腫れあがった腹部をかかえてうめいていた。しかし品は藤吉の姿を枕元に見つけると、元気を取り戻した。

「父さん、ありがと」

枕から頭をもたげて、藤吉に頭を下げようとする。

藤吉はすぐ医者のもとへ走った。品の傷口が化膿していること、ペニシリンという高貴薬が効くことを聞かされた。事態は一刻の猶予も許されないという気配を医者は匂わせている。藤吉は内科の医師に、ペニシリンの使用を頼んだ。主治医はまだ不在なのだ。

「よく効く新薬を頼んできたからな、それを使えばきっと楽になる、大丈夫だ」

品ははっきりと眼をあけ、藤吉の言葉を聞いていたが力なくぼそりといった。

「そんな薬、高いんでしょ、悪いよ。わたしいいから、父さん」

「なにをいうんだ、俺に任せて安心していればいいんだ」

誰の眼にも品の苦痛は尋常ではない。だんだん口もきけなくなる。藤吉は、子どもたちと郷里の長太に電報を打ちに走った。

ペニシリンは間に合わなかった。品は、藤吉と一枝に見守られて苦しみの中で息を引き取った。四十七歳の、あっけない最期だった。

札幌の駅に着いた制服姿の康隆と留美を藤吉が迎えに出ていた。三人は駅からの道を黙って歩いた
「母さんは」

康隆がこらえきれずに聞いた。

「お前らが来るのが遅いので、死んでしまったわ」

留萌では歩くことのない舗装された歩道を歩いた。白く乾いた道が、留美の足裏を跳ね返すように堅い。足首にこたえた。

病院の建物の前で三人が立ち止まった。他を圧倒して屹立しているいかめしい建物を、三人はにらみ返した。

「病院の落ち度でないの」

留美はつぶやいた。藤吉は口をつぐんだままだ。

三人は、正面入り口をはずれた裏口から暗い廊下を歩いて霊安室に入った。

白い布の下に息をしない品が横たわっている。枕元に一枝が眼を赤くして腰掛けていた。藤吉が顔の布をめくった。白い品の顔があった。

「わたしがついているのに、こんなことになってしまって、ごめん」

一枝がまた眼にハンカチを押し当てた。

「担当の医師が休暇を取っていたのが不運だった」

藤吉が奥歯をかみ締めた。

品は、札幌の火葬場で骨になった。

「来年の正月には、一枝に子どもが生まれます」

一枝のからだを気遣って、越前から駆けつけていたきよしさんが話しだした。頑なに無口を通していた藤吉が重い口を開いた。

「初孫ができると分かっていたら、母さんがどんなに喜んだか」

「母さんは知っていたよ、気をつかってくれてたから」

一枝が涙ぐんだ眼を上げた。

品の初七日を終えると、留美は長太に連れられて越前の村に帰ることになった。道産子の留美は行きたくはなかったが、藤吉の言葉に従った。高校半ばの康隆は藤吉と留萌に残ることになった。

品の死を契機にして、つなぎ留めていた糸が切れたように、家族はばらばらになっていく。年が明けて新しい命が誕生した。品が帰りたかったふるさとの海辺の村で、生まれたのは男の子だった。

藤吉は黙々と船に乗って海へ出て行く。

留萌湾に暑寒岳が浮かび、海は小刻みに波立っていた。

[著者略歴]
平井 利果（ひらい・りか）
本名　平井利恵
北海道留萌市生まれ。福井大学教育学部卒。元教員。
『五月の首飾り』で第18回日教組文学賞受賞。
愛知県一宮市在住。

装幀／三矢 千穂

海萌ゆる

2015年11月30日　第1刷発行　　（定価はカバーに表示してあります）

著　者　　平井　利果
発行者　　山口　　章

発行所　名古屋市中区上前津2-9-14　久野ビル
振替 00880-5-5616 電話 052-331-0008
http://www.fubaisha.com/
風媒社

＊印刷・製本／モリモト印刷

ISBN978-4-8331-2090-6